ホーソーン文学への誘い

——ロマンスの磁場と平衡感覚

高橋利明　著

開文社出版

目次

序章　ロマンスの磁場と「土地の霊」

どの大陸もそれぞれ独特の際立った土地の霊を宿している。故郷あるいは母国といったある特殊な場所によって人々は分極化されている。地球上の異なった場所には異なった生命の放出、異なった震動、異なった化学的発散、異なった星による異なった極性がある。それを何と呼んでも構わない。しかし、土地の霊というのは際立った現実である。（D.H. Lawrence, *Studies in Classic American Literature*）

ナサニエル・ホーソーン（Nathaniel Hawthorne, 1804–1864）のロマンス論を考える時、筆者の頭には日本のシェイクスピア（William Shakespeare, 1564–1616）とも称される近松門左衛門（1653–1724）の「虚実皮膜」論が想起される。なぜならば、その芸術論がホーソーンの言う「中間領域（a neutral territory）」（I［*The Scarlet Letter*］, 36）[1]に成立するロマンスというものと近しい関係にあると考えるからである。芸術の真実は事実と虚構との中間にあるとする近松の芸術論は、普遍的な本質論として芸術一般にあてはまるものであろう。『緋文字』（*The Scarlet Letter*, 1850）序文の「税関」に表現される「中間領域」は、「現実」と「想像」の相交わる場所を指すのであり、そこにこそロマンスの磁場が生まれるとホーソーンは考えたのである。ホーソーン自身は、「磁場」という言葉を用いてはいない。しかし、メイル（Roy R.Male, Jr.）が、「長い間、磁力《マグネティズム》と同義で用いられていた共感《シンパシー》という言葉は、それが『感じること』（即ち、生命）のみならず、『共に感じる』（即ち、同質）を表わすという点で追加的な意味を持った」（140）と述べ、さらに「ホーソーンは決まって共感《シンパシー》と磁力《マグネティズム》を同義語としてみなしていた」（142）と指摘する時、共感《シンパシー》という磁力《マグネティズム》が生み出す空間というものは、ホーソーンの「ロマンスの磁場」と定義できよう。また、ローレンス（D.H. Lawrence）の『アメリカ古典文学研究』（*Studies in Classic American Literature*, 1923）の「土地の霊（the spirit of place）」の概念は、ホーソーンという作家の真意を穿っていると思われる。つまり、世界のさまざまな土地には、それぞれの「土地の霊」が存在しているのであり、そこに暮らす人々は他とは異なる「極性（polarity）」や「磁気（magnetism）」（12）を付与されていると考えるローレンスは、アメリカ人作家ホーソーンの中にまさにアメリカ的な「土地の霊」としての「磁場」を見出しているのである。

「土地の霊」の「土地」とは、その空間を示し、「霊」とは、その空間を見つめてきた時間、あるいは歴史を指すと考えてもよいであろう。我々が地球の引力や磁気に支配されているからこそ、人間にはその生まれた土地ごとに異なる極性が付与されているのである。そして、ホーソーンのロマンスは、ローレンスの言う「土地の霊」を裏書きしている。なぜならば、歴史の浅い、ローレンスの言う「汝すべからずの自由（a liberty of THOU SHALT NOT）」（11）しかない共和国アメリカの民主主義の本質を見つめ続けていたホーソーンは、「土地の霊」のアメリカ的極性や磁気を文学的に表現する手法として、その極性を最大限に生かせる「ロマンス」を発見し、実践したからである。そして、ホーソーンは、パーソン（Leland Person）の指摘の通り、現実的な「歴史、政治、そして文化の諸問題」（250）についての本質的なアメリカ的極性を、「現実」と「想像」の交わりの「中間領域」に描き出しているのだ。また、ホーソーンのロマンスは、『七破風の屋敷』（*The House of the Seven Gables*, 1851）の序文で言及される「人の心の真実（the truth of the human heart）」（II［*The House of the Seven Gables*］, 1）、つまりは心理的な真実を明らかにしているのであり、その「中間領域」に浮かび上がる真実は、意味の二重性を帯び、曖昧性をもつことになるのであり、ローレンスが、「明確な表現を好み、象徴を憎悪するロシアの大作家に対して、アメリカの大作家はすべて明確なものを退けて、常に二重の意味を作り上げ、逃げ口上を楽しんでいる」（4）という時、その指摘は正鵠を射ているのだ。従って、パーソンが指摘するように、ホーソーンの「中間領域」は、「保守的な政治機能（a conservative political function)」に資するように見え、さまざまな政治的な葛藤は、「中立化(neutralized)」(241)されてしまう恐れがあるのだ。しかし、人間にとっての真・善・美とは、キーツ(John Keats, 1795–1821)がシェイクスピアに多くを認めた「消極的能力(negative capability)」の内に見出されると思われる。その能力とは、「人間が事実と理由をいらだちながら追求するのではなく、不安と神秘と疑念をいだいたままでいられる(man is capable of being in uncertainties, mysteries, doubts, without any irritable reaching after fact and reason)」(71)状態をさすが、ホーソーンはロマンスの磁場としての「中間領域」という現実と想像のあわいに生ずる心理的な真実を描き出し、さらにはその判断を保留するのである。キーツの言う「消極的能力」を担保する保留の精神は、ホーソーンにも生きているのだ。[2] そして、芸術家がその真実を生み出し、読者に感動を与えるためにはロマンスの磁場の虚構性の質を高める必要があるのである。

例えば、日本の古典芸能のひとつである文楽を観る時、観客の感動はその芸能自体の高度な虚構性に由来すると言える。同じ演目を歌舞伎で人間が演ずるのとは異なり、人形が人間の替わりを演ずるという一段高い虚構性に我々は感銘を受けるのである。役者はそれぞれの仮面をかぶるのだが、その内実の肉感を捨象することはできない。それに比して、文楽人形は人間の肉感を持たない無機質な物質ゆえに、人形遣いの想像力はその役どころの虚構性を研ぎ澄ますことが可能なのだ。そして、その人形遣いの一例として、ホーソーンの「雪人形」("The Snow-Image: A Childish Miracle," 1851) の語り手がいるのである。その語り手は、その想像力を無機質な雪人形の中に吹き込むことによって、芸術家の創作のプロセスとその研ぎ澄まされた虚構空間の美学的な真意を伝えている。ホーソーンの物語の語り手は、虚構空間としての「中間領域」に「ロマンスの磁場」を発生させ、そこに立ち現れる人生の真実《リアリティ》について読者に判断を委ねているのだ。そして、その「ロマンスの磁場」において現実と想像との間の往還を可能にしているのは、ホーソーンの歴史認識にもとづく平衡感覚なのである。

注

(1) *The Centenary Edition of the Works of Nathaniel Hawthorne.* Vol. I [*The Scarlet Letter*] より引用。以下、本書でホーソーン作品に言及する際には、この全集によるものとし、本文中に巻数と頁数を添え、初出の際に巻のタイトルを記載する。

(2)『象徴主義とアメリカ文学』の中でファイデルスン (Charles Feidelson, Jr.) は、『ブライズデイル・ロマンス』(*The Blithedale Romance*, 1852) の語り手マイルズ・カヴァデイル (Miles Coverdale) が、特に芸術家的な気質とされるキーツの「消極的能力」を持つ最良の一例であるとし、ホーソーンの「尖塔からの眺め」（“Sights from a Steeple,” 1831）から、その特質として「一番望ましい生き方は、霊と化したポール・プライ流だ。男や女の周りを透明になって飛びまわり、彼らのすることを見、心の中を探り、彼らの喜びから輝きを、彼らの悲しみから影を借り、自分独自の感情は全く持たない（retaining no emotion peculiar to himself）」（IX [*Twice-told Tales*], 192　傍点筆者）という一節をあげている（233）。

第一章　「雪人形」の生命《いのち》の庭の磁場

「童心こそ永遠の救世主であり、堕落した人間の腕のなかに身をゆだねて、どうか楽園へ帰ってと懇願する。」（Ralph W. Emerson, *Nature* 46）

一　ホーソーンと「子どもらしい奇跡」

ホーソーンの「雪人形」の語り手は、無機質な雪人形に生命《いのち》を吹き込むことによって、芸術家の創作過程と研ぎ澄まされた虚構空間のもつ審美的な意味を伝えている。そして、リンジー（Lindsey）家の庭は、まさに「薄暮」の中でヴァイオレット（Violet）とピオニ（Peony）の純真無垢な想像力によって作家のロマンスの起源としての「中間領域」に変化し、さらにその雪人形がそこに注ぎ込まれた温かい生命《いのち》、即ち、ホーソーン的な「共感（sympathy）」によって雪少女に変容した瞬間にロマンスの磁場を持ち得たのである。その磁場とは、「現実」と「想像」の間の「中間領域」において、人間の生命《いのち》、あるいは人間の共感する力を再確認するための場所であり、また、人間がより純真に人間らしくあり得るユートピアでもある。「雪人形」の生命《いのち》の庭は、ホーソーンの共感的な想像力が雪少女の「美」に出会うことによって「頭」と「心」のバランスを取ることの意味を描く原型的な場所となるのだ。そして、ホーソーンのロマンスの磁場は、「子どもらしい奇跡（a childish miracle）」の可能性を信じようとする作家の平衡感覚を裏打ちするのである。ホーソーンのロマンス思想の本質は、彼の平衡感覚にあり、その感覚が子どもたちの「純真（simplicity）」がもたらす「奇跡」を大事にしている。本稿ではまず、「雪人形」における「奇跡」の意味を考察する。

二 「雪人形」の「奇跡」

「雪人形」について最も初期に批評したウィップル（Edwin Percy Whipple）は、この作品を「霊妙さや具体性の点でホーソーンの想像力より劣るどんな想像力も表象しえない繊細な創作品のひとつ」だと捉えている（189）。また、百年以上も後に、ワゴナー（Hyatt H. Waggoner）は、この作品の本質的な価値を「感受性の人」と自らを見なす一作家の「優しい空想、気まぐれな感情」に見出しているが、彼が危惧として指摘するこの作品の「感傷」は、その後の批評にあまり芳しくない影響を残している(3)。このワゴナーの不安を確認するかのように、ベイム(Nina Baym)は、作品中の母親と子どもたちの「感傷的で、型にはまった」描写に異議を唱え、さらにはこの作品の「繊細に表現された表面」の下に、「ぞんざいかつ不注意に表現された作品」を見出している(118)。

「雪人形」についての批評の少なさは、ワゴナーやベイムのもつ疑念や不満を裏打ちするように見える一方、注目に値する例外もある。即ち、ジェイムズ(Henry James)は『ホーソーン』で、これを「小さな傑作」と呼び(51)、リーヴィス(Q.D. Leavis)は、芸術家物語の「最も見事な」例だと評価し、特に、これがジェイムズの作家についての物語と同等のものであると考えるゆえに、「おとぎ話」として取り扱われることに反発を示している(61)。数多のホーソーンの名短篇に比べて影が薄いことは確かではあるが、ニューマン(Lea B.V. Newman)が、「一見驚くほど単純な登場人物や直観的に確認できるピグマリオン的主題というものが、原型的な真実を表すファンタジーの媒体としてこの作品を特徴づけている」と指摘する時(295)、我々は、「原型的な真実を表すファンタジーの媒体」という表現が、『緋文字』の「税関」のロマンス論につながっていることに気づく。

月光が馴染みの部屋のカーペットの上に白い光を降り注ぎ、その織り模様をひとつ残らずはっきりと浮かび上がらせる時――あらゆるものを細部にいたるまではっきり見せながら、朝や昼とは見え方は大違いなのだが――月光はロマンス作家が彼の架空の客人たちと知り合いになるための最良の仲立ちである。ここに熟知の、ささやかな家庭の眺めがあるとしよう。……これらすべての物どもは、こんなにもはっきりと見えながら、常ならぬ光によって精神化され、その実体を失い、知性的なものとなる。どんなに小さく、どんなにつまらない物でも、この変化を経過して、威厳をそなえる。……だから、かくして、馴染みの部屋の床は、現実世界とおとぎの国とのどこか中間に位する中間領域になり、そこでは現実と想像とがまざりあい、お互いに相手の性質で染まっているのかもしれない。(1)(I, 35–36)

月光という「常ならぬ光」によって「馴染みの部屋」の中の事物は、精神化されその実体感を失い、「知性」及び「威厳」を帯びているように見えるのである。ホーソーンは、この月光に照らされた「馴染みの部屋」こそが、「中間領域」になっていると考える。そこは、「現実世界とおとぎの国」の間にあるどこかであり、「現実と想像」がまざりあう場所である。そして、この「中間領域」に現れるロマンス作家の「架空の客人たち」こそが、ホーソーンの描く登場人物たちと考えられるが、「税関」においては「雪人形」が人間の男女に変身するという無機物から有機物へという想像力の原型的パターンが提示されている。

いくらかほの暗い石炭の火が、私がこれから述べたいと思う効果をかもすのに大きく影響した。その火は部屋中につつましやかな彩りを放ち、壁と天井をかすかに赤く染め、つややかな家具からは光を反射させていた。このより暖かい光は月光の冷たい精神性とまじりあい、空想が呼び寄せる形象に、いわば、人間の心と人間の優しさの感情を伝達するのである。それはその形象を雪人形から人間の男女に変える。(I, 36)

月光に照らされた室内が「中間領域」となった後、ロマンス作家には何が必要なのだろうか。それこそが、引用に言う「いくらかほの暗い石炭の火」の「より暖かい光」なのである。この光こそが、「人間の心と人間の優しさの感情」を象徴するのであり、それが「月光の冷たい精神性」とまざりあうことによって、ロマンスの磁場が発生するのだ。つまり、その光が「空想が呼び寄せる形象」の一例としての「雪人形」を「人間の男女」に変身させることになるのである。この「より暖かい光」とは、月光という自然の光とは異なり人為的なものである。ここには、「自然《ネイチャー》」と「人工《アート》」のコントラスト、あるいは「自然《ネイチャー》」と「人間《ヒューマニティ》」の関係性というものがある。暖かい暖炉の火は人間の愛情そのものの表象であると考えられるが、この火に対応するものこそが、「雪人形」の中のヴァイオレットとピオニの純真無垢な温かい愛情の火だと思われる。そこで、雪人形から雪少女を生もうとする子どもたちが起こす奇跡が実現されていく過程を、その自然描写の中に見てみよう。

まず、この奇跡の変身の兆しのシーンは、日没直前に母親によって垣間見られる。

母親は一瞬仕事の手を休め、窓の外を見やった。だがたまたまちょうど太陽が、一年中で最も短い日に当たっていたこともあり、ほとんど地面すれすれに沈まんとしていたので、その夕陽が斜めにその女性の目に差し込んでいたのだ。お察しの通り、それで彼女は目をくらまし、庭にあるものをあまりはっきりとは見ることができなかったのだ。しかしそれでも、太陽と新雪の、その煌めき目をつぶすような眩しい光を通して、彼女は庭に一つの小さな白い人影を見たのだ。それは不思議なほどの人間らしさを持つように見えたのである。（XI［*The Snow-Image and Uncollected Tales*］, 12–13）

日脚が一年中で一番短く、太陽の高度も低い冬至の日没直前に、斜めに差し込む強烈な太陽光線が、窓の外を見る母親の眼を幻惑させた結果、彼女は庭にあるものをあまりはっきりとは認識できないのである。[2] しかし、その眩惑的なまばゆさと新雪を通して、彼女は不思議なほどの「人間らしさ」を持つような「一つの小さな白い人影」を見たのだ。子どもたちの雪人形が、「人間らしさ」を持ち始めている兆しを母親は感じ取るのだが、その「一つの小さな白い人影」が、「一つの小さな少女の姿」に変身する瞬間のシーンは、「薄暮」を待たなければならない。

かくまで懇願された母親は、もはやぐずぐずと窓辺から外を見ることを延ばすことはできなかった。太陽はその時には空から消えていたが、冬の落日をかくも荘厳なものとする紫と金の雲の中に、その残照の豊かな自然の恵みを残していたのである。窓の辺りにも雪の上にも、ほんのわずかな輝きも眩しい光もなかったので、その優しい女性は庭中を見渡し、そこにある物でも人でもすべて見ることができた。それでそこに彼女は何を見たのだろうか。もちろん、ヴァイオレットとピオニの彼女の二人の愛しい子たち。ああ、その二人以外に彼女は誰を、何を見たのか。まあ、私の言うことを信じていただけるのであれば、そこには一人の少女の小さな姿があったのである。その子は、真白い服を着て、バラ色の頬

をして、金髪の巻き毛をなびかせながら、二人の子らと庭中を遊び回っていたのだ。(XI, 15)

「太陽はその時には空から消えていたが、冬の落日をかくも荘厳なものとする紫と金の雲の中に、その残照の豊かな自然の恵みを残していた」という「薄暮」ならではの景観は、まさに荘厳かつ崇高であり、「雪少女」誕生の奇跡の舞台を用意している。また、「まあ、私の言うことを信じていただけるのであれば」という語り手の言葉は、「税関」の中でホーソーンが断言する「たった一人で座っている男が、不思議なことを夢見てそれを真実のように見せることができないならば、彼は決してロマンスを書こうとするには及ばない」(I, 36)という覚悟を想起させる。つまり、夢はまず信じることによってのみその真実性に到達し得る、とホーソーンは考えるのである。そして彼は、ロマンス作家が彼の「架空の客人たち」に通じるのに最適な媒体は、「常ならぬ光」をもつ「月光」であると言うが、引用の如く彼が深い愛着をもって描く日没後の「薄暮」もその最適な媒体となるのだ。なぜならば、その「薄暮」とはまさに昼と夜の間の「中間領域」にあるのであり、短い時間の推移の中で昼の現実の要素と夜の現実の要素がどちらとも言えずにたゆたっている夢のような領域であると考えられるからである。ボルヘス（Jorge Luis Borges）が、「彼が生きていた現実は、つねに幻想の息づく薄明りの黄昏、あるいは月明りの世界でした」（64）と言う通り、ホーソーンは夢の作家なのであり、月光の当たる部屋も日没後の薄明りの中のリンジー家の庭も、大変に夢幻的な雰囲気の中で「共感」を呼び込む「中間領域」になっており、ロマンスの磁場を内包している。そして、このロマンスの磁場においてヴァイオレットとピオニの手に成る雪人形は、雪少女に変身を遂げるのだが、その生命《いのち》は儚い。なぜならばそれは夢のようなものだからである。しかし、その夢を純真無垢に信じる心は極めて重要である。

その対極には、現実に今見えていることだけしか信じることのできないリンジー氏がいる。彼は作品中で何度も「常識的な男」と呼ばれており、当時の、あるいは現代の父権制的社会通念の体現者でもある。子どもたちの「ナンセンス」とリンジー氏の「常識」の対立は、意味に捉われずにそこから自由な「非イデオロギー」と、意味に拘泥しそこに膠着する「イデオロギー」の対立であり、「無意味の意味」と「意味の無意味」の対立だと思われる。「ナンセンス」は、「常識」という意味に揺さぶりをかけることで人生の真実を明らかにするという意味をもつのだ。

ピオニは地団駄踏みながら、そして、言うのもぞっとするのだが、その常識的な男に向かい小さな拳を振り回しつつ、「いたずらっ子のパパ！　どうなっちゃうか僕たち言ったでしょ！　何のためにパパはあの子をお家に入れたの?」と叫んだ。（XI, 24–25）

ピオニは地団駄踏みながら、「常識的な男（the commonsensible man）」である父親に向かい拳を振り回している。語り手もぞっとするようなこの激しい反抗的態度は、ひとりリンジー氏だけではなく、当時の社会全体が持つ父権制的常識に異議申し立てをしているのである。そして、「何のためにパパはあの子をお家に入れたの?」とピオニが言う時、その「何のため（What for）」という問い方は、常識で成り立つ日常生活に生きる我々人間に内省を促すものとなるのである。語り手が、「ある人間にとって善なる要素として認められたことが、別の人にとっては完全な害であるとわかることもある」（XI, 25）と言うように、我々は「甲の薬は乙の毒」という教訓的な真理を看過しがちなのである。リンジー氏は、その「頑な物質主義（the stubborn materialism）」（XI, 24）によって、「極めて常識的なものの見方」（XI, 19）しかできないゆえに、子どもたちが雪少女を作ったという事実を「ナンセンス」であると言い切るのである。そして、常識的かつ即物的なリンジー氏の「まさに最高の善意」（XI, 22）こそが、雪少女の破滅をもたらしたのであるが、この教訓はまさに「教化」すべき対象である「善良なるリンジー氏タイプの賢者たち」には全く無効なのである。彼らは、済んでしまったこと、今現在のこと、そして将来に起こり得ることの「すべて」を自明のものとして捉えているのだ。その結果として、「自然あるいは神によるある現象というものが、彼らの秩序を万一超えてしまうものならば、彼らは、たとえそれが鼻の先で起こったとしても、どうしても認めようとしないのである（should some phenomenon of Nature or Providence transcend their system, they will not recognize it, even if it come to pass under their very noses）」（XI, 25）。

奇跡のドラマが織り成す地球に生きる我々は、人知を超えた何かに包摂され守られているように思われる。聖書の中の奇跡と等価には語れないが、ヴァイオレットとピオニが共同で作り上げた雪少女は、「子どもらしい奇跡」の実現であったのである。それに対して、ベイムは、この作品でホーソーンは「世間とは汚い場所である」（119）と訴えて感傷的な現実逃避をしているだけだと言うが、現実と相渉り合うことよりもただただ夢を信じることの方がさらに一層困難であるように思われる。夢の作家ホーソーンの真骨頂は、「中間領域」での夢の実現にあるのであり、その実現のために必要なものは、一心不乱の「純真」なのであり、それが、二人の子ども、特にピオニが幼子らしく、あるいは強調のために三音節に区切って発声する "beauti-ful"という言葉の中の美学的な価値を裏打ちするのである。つまり、エドモンド・バーク(Edmund Burke, 1729–97)が、「美は単なる積極的な快にもとづいており魂の中に愛と呼ばれる感情を生み出す」(160)と述べるように、子どもたちの「純真」が生み出した「雪少女」の「美」は、魂の中に愛の感情を生み出し、母親の「[他者の幸せを]見る喜び」というアダム・スミス(Adam Smith, 1723–90)の言う「共感」(9)をも引き出すのである。そして、「空想が呼び寄せる形象」である子どもたちの「雪人形」に生命《いのち》を吹き込んだのは、彼らの純真な共感、あるいは愛の想像力である。キーツが「美は真、真は美なり」と歌うように、我々は「美は愛に基づく心理的な真実、愛に基づく心理的な真実は美なり」と想定できるかもしれない。なぜならば、ホーソーンの創作上の強調は、常に、彼が『雪人形』の序文で言及する「心理的ロマンス(psychological romance)」(XI, 4)というものに依拠しているからである。「心理的ロマンス」とは、彼が、「我ら人間の普通の性質の深い所」を探究するためにあるのであり、人間とは何か、即ち人間の真実を明らかにすることができるものなのだ。

三　純真、共感、ユートピア

「雪人形」におけるホーソーンの想像力は、サミュエル・T・コールリッジ（Samuel Taylor Coleridge, 1772–1834）の「空想力」に対する「想像力」の考えのひとつの典型になっている。コールリッジは、次のように主張する。

> それ（第二の想像力）は溶解させ、拡散させ、消散させて、再創造します。あるいはこの過程が不可能な場合でも、なお常に理想化し、統一しようと努めます。すべての客体が（客体としては）本質的に固定され死んだものであるのに対し、第二の想像力は本質的に生きたものなのです。（304）

これに従えば、再創造のために対象物に溶け込む「生きた」愛の「想像力」というものが、「空想力」が生み出す無機的なものとしての雪人形を、有機的統一体としての雪少女に変容させ得たのである。「天上的」、「不滅的」と形容される「天使の子どもたち」（XI, 11）の手助けを得て創造された雪少女は、人間の想像力が生み出す稀有で儚い「美」の化身なのである。そして、ヴァイオレットとピオニの「純真と確かな信念（the simplicity and good faith）」こそが、「ある目に見えない天使」を呼び寄せて「彼の不滅の時間」の中で、「奇跡（a miracle）」（XI, 20）が起きたのだと、「子どものような純真、そして、水晶のように純粋で澄んだ信念（childlike simplicity, and faith, which was as pure and clear as crystal）」を持つ母親は夫に向かい言うのである。彼女はあらゆるものを「この透明な媒体」を通して見る時、「他人が無意味で馬鹿げたことだと笑い飛ばす位にとても深遠な真実（truths so profound, that other people laughed at them as nonsense and absurdity）」（XI, 20）を時々見出すのである。この表現は『ブライズデイル・ロマンス』の中で、博愛主義者ホリングズワースに対峙したカヴァデイルの言葉を想起させる。彼が、「九十パーセントまでナンセンスと見えることの中にこそ、最も深遠なる知恵がある（the profoundest wisdom must be mingled with nine-tenths of nonsense）」（III, 129）と言う時、我々は、「意味」、あるいは「常識」だけを見つめていると、もっと大事で深遠な真実や知恵を見失うことに気付くのである。母親の摑んだ深遠な真実とは、世間の「常識」に囚われすぎると物事の本質を見失う可能性があるということである。「薄暮」の中、リンジー家の庭は、ヴァイオレットとピオニの「純真」によって「中間領域」に変容し、彼らの愛の「共感」という生命《いのち》が雪人形に吹き込まれ、雪少女に変身した瞬間、ロマンスの磁場を持ったのであり、その磁場こそが、人間がより純真に人間らしくあるためのユートピアを形作るのだ。そして、その生命《いのち》の庭は、ホーソーンの共感的な愛の想像力が雪少女の「美」に出会う時、ジフ（Larzer Ziff）の言うように、「頭と心のバランスを取る必要性」（140）[3]を生きいきと描く原型的な場所となるのである。ホーソーンのロマンスの磁場は、「子どもらしい奇跡」の可能性を信じようとする作家の平衡感覚を裏打ちしており、作家は、その「奇跡」の実現に与しているのだ。

注

（1）『緋文字』の邦訳は、八木敏雄訳『完訳　緋文字』（岩波文庫）に拠ったが、適宜、筆者による変更を加えている。

（2）ホーソーンが、「雪少女」誕生の場面をまさに「冬至」に設定した理由は、この日を境に日が伸びていく太陽（生命《いのち》）の復活のイメージを喚起したいためだと考えられる。また、姉弟の「雪人形」制作過程に見られる、母親の抱く天使のイメージは、イエス・キリストの生誕にもつながりを持つように思われる。

（3）ジフは、「頭の優位は、避けられ得るものだが、その頭は我々の歴史状況において、不純なる心が導きを必要とするゆえに、一つの役を担わねばならない。しかし、もし人が罪を犯せば、救いは、自己の存在を人間の共通の心の一つの分子として認識しつつ、自己を他者への愛に没入できれば手に入れることは可能なのだ」（Ziff 140-41）と論じ、愛を通して罪の呪いを免れた人物の例として、フィービー・ピンチョン（Phoebe Pyncheon）とロデリック・エリストン（Roderick Elliston）を挙げている。「雪人形」のヴァイオレットとピオニにとって「救い」は無縁のように思われるが、雪人形という他者への愛に全身全霊を没入できることの意味は大きい。なぜならば、子どもたちの「原罪」からの救いは、雪という自然への没我的な愛から得られるからであり、超自然的な「奇跡」を信じる「心」こそが、人間の健全なる平衡感覚を保つことができるからである。

第二章 「処刑台」の磁場

――『緋文字』の「周縁」的想像力

一

フィードラー（Leslie A. Fiedler）は、『アメリカ小説における愛と死』（*Love and Death in the American Novel*, 1966）の中で『緋文字』に関連して次のように述べている（435）。

ホーソーンの考えでは、彼の模範的なドラマが演じられているのは、辺境、すなわち法と無法とが出合い、社会と自然が接する周縁部なのである。しかし彼の原始世界はクーパーのそれよりも、ずっとブロックデン・ブラウンのそれに似ている。彼にとって、「暗い測り知れぬ森林」はナティ・バンポーの生きた花嫁よりも、むしろ、ダンテの寓話的な暗い森に似ている。それは人間が罪の裏道をさまよい歩き、永遠に自己を失ってしまう精神の荒野の象徴なのである。[1]

『緋文字』における「自然」は、明らかにピューリタン社会を取り囲む荒野としての「森」であり、それはホーソーンにとって、「精神の荒野の象徴」としてある。そして、フィードラーが言うように、「法と無法とが出会い、社会と自然が接する周縁」においてこそ、ホーソーンの「典型的なドラマ（exemplary drama）」が演じられているのであり、その「周縁」の場所こそが象徴的な意味で、「森」との接点にある「処刑台（scaffold）」であると言えるであろう。「処刑台」というものは、罪人を罰するための刑具であり、社会の制度に組み込まれている装置である。従って、秩序と混沌、制度化されたものとされないものの二項的対立を表す「中心と周縁」という概念において、「処刑台」＝「周縁」とは厳密には言えないかもしれない。しかしながら、秩序ある社会制度が、その社会内の制度化されないものを排除し、追いやって行く場所を象徴的な意味で「周縁」と考えるならば、「処刑台」はその意味を担うことが可能であろう。

また、いささか「周縁」という言葉にこだわりすぎかもしれないが、イーザー（Wolfgang Iser）の『行為としての読書』の中の次の一節は、『緋文字』という虚構テクストについて、読者が何かを語ろうとする時に大いに意味があるように思われる。

すなわち、虚構テクストは、支配的な意味システムの再生産を行なうわけではなく、むしろ、どの支配的意味システムの中にもある潜在化され否定され、従って排除されたものと結びついている。これらのテクストが虚構的であるのは、対応する意味システムも、その働きをも直接指示することはなく、むしろ意味システムの陰の地平ないしはその境界に焦点を合わせているからである。すなわち、虚構テクストは、システム構造の周縁ないし、境界を示すものに出発点をとる。（一二一頁）（傍点筆者）

『緋文字』におけるシステム構造では、その頂点に神権政治（theocracy）の象徴である「説教壇」を抱いた支配的な意味システムが、「中心」となっている。それに対して、「どの支配的意味システムの中にもある潜在化され否定され、従って排除されたもの」として、「処刑台」がその象徴的な意味で、システム構造の「周縁」となっているのである。(2)『緋文字』の想像力は、この「処刑台」から生まれているように思われる。この虚構テクストを貫く屋台骨とも言える三つの「処刑台」のシーンは、作品構成上のバランス感覚の卓越さを裏打ちし、その〈序破急〉はいやがうえにもこの作品の劇的イメージを高めている。『緋文字』において、その「出発点」として「処刑台」という「周縁」を仮定するならば、次に行うべき作業は三つの「処刑台」のシーンのそれぞれの周縁性を考察することである。だが、その前にヘスター・プリン（Hester Prynne）を「処刑台」に導いた罪と、彼女の性格というものの本質について考えておこう。

二

ヘスターとアーサー・ディムズデイル（Arthur Dimmesdale）は、姦通の罪を犯したが、果たして罪とは何か。犯罪者というものは、一つの共同体の秩序を脅かす者であろう。地上に人間が誕生し、様々な小さな共同体が形成されて行く過程において、その共同体の存続には共通の約束事が必要不可欠となる。そこで初めて、道徳という観念が生まれてきたであろう。つまり、罪とは共同体の存続を危うくするものであり、その歴史的背景が十七世紀という草創期のピューリタンたちのアメリカである『緋文字』という作品では、その「共同体 vs. 罪（あるいは悪）」という二項対立が、全く純粋な様態で描き出されていると思われる。これはある意味で、共同体生成の原型を作者ホーソーンが、新大陸アメリカに純粋培養したとも考えられるだろう。そのような舞台背景の中で、ヘスターとディムズデイルは共同体内の道徳に背いたのだった。

折口信夫は、「道徳の民俗學的考察」において、「道徳に矛盾する人は、それも道徳に生きる一員ではある。つまり、新しいもらる・せんすによって、新しい道徳を打ち建てようという慾望をもった人だからである。……（中略）……しかし、あらゆるものが變化してゐるのに、道徳だけ變化しない訣はない。只、道徳に對する感じは、昔も今も同一であるとは言へる。常に一種の社會的施設といったものがその上にかゝってゐる。それは、政治的なものだけを言ふのではなく、宗教家・教育者・學者等の指導方法を入れて言ふのである。だから道徳は、純粋に内部から發してゐると考へるのは空想で、外部から形を向け變へられてゐる事が多いのである」（三二四―五頁）（傍点筆者）と述べているが、この一節の「道徳に矛盾する人」とは、『緋文字』に当てはめてみるならば、かの姦通を犯したとされたヘスター・プリンのことがまず考えられる。牧師ディムズデイルも「道徳に矛盾する人」ではあるが、「新しい道徳を打ち建てようという欲望をもった人」では毛頭なく、最期の告白の処刑台上で神の慈悲を賛美して死に赴く人間なのである。そして皮肉なことに、その両者は個人（罪人）対「社會的施設」（ピューリタンたちによる神権政治）の代弁者という形で、表面的には鋭く対峙しているのである。では、「道徳に矛盾する人」として当時まだ荒野に囲まれていたボストンに生き続けたヘスターは、最終的にどのような「新しい道徳」を打ち建てたいと思ったのだろうか。それは最終章第二十四章「結び」（"Conclusion"）の中で、ヘスターの「堅い信念（firm belief）」として語られているように思われる。

とりわけ女性たちは――傷つけられたとか、報いられなかったとか、虐待されたとか、裏切られたとか、過ったとか、不倫を犯したとか、いつの世にもくりかえされる試練を受けたときには――あるいはまた、重んじられず、愛されもしないために、かたくなに閉じてしまった心の重荷を負ったときには――ヘスターの小屋にやってきて、わが身の不幸をなげき、どうすればよいのかを問うのだった。ヘスターはできるだけよく彼女たちをなぐさめ、その相談に乗った。また彼女が自分の堅い信念を彼女たちに披瀝して言うには、神のみこころがこの世でも行われる天国の時代をむかえる準備がととのい、もっと明るい時代が来れば、新しい真理があらわれて、男女のすべての関係が相互の幸福というもっと確かな土台のうえに築かれることになろうというのであった。(I, 263)

この後、ホーソーンは教訓的にその「新しい真理 (a new truth)」の啓示は、「罪によごれ、恥にうなだれ、一生の悲しみを背負った女」などではなくて、全く汚れの知らぬ「神聖な愛 (sacred love)」(I, 263) を持った女に任せられると述べている。つまり、この教訓的な「結び」という章は、カーペンター (Frederic I. Carpenter) の言葉を借りれば、「作者が客観的にヘスター・プリンが実現化していくように描くところの超越的な理想についての可能的な真理をまったく少しも認めなかった」(316) ということを表明していることになるだろう。かくして、ヘスターの「新しい道徳」と呼べるものはかくもネガティブでしかない「堅い信念」に裏打ちされているのである。では、我々読者は、作者ホーソーンが語る物語をそのまま信じてよいのであろうか。「人間の弱さと悲しみの物語 (a tale of human frailty and sorrow)」(I, 48) として『緋文字』という作品をとらえ、その最大の教訓を「正直であれ! 正直であれ! 正直であれ! (Be true! Be true! Be true!)」(I, 260) という言葉に見るのは容易であろう。しかしながら、我々人間という存在を考えた時、これほど自己矛盾をかかえこんだものはないであろう。ローレンスはそこを突くのである。「作家を決して信じるな。物語を信じよ。批評家の正しい役目とは、物語を生みだした作家からその物語を救い出すことなのだ（Never trust the artist. Trust the tale. The proper function of a critic is to save the tale from the artist who created it）」（8）というローレンスの「アメリカ古典文学」に対する評価基準は、『緋文字』というテクストのもつ自己矛盾的なものを明示することになっている。そして、ヘスターの犯した罪（緋文字A）が語りかけるモラルは、「完全なる二重性（perfect duplicity）」（106）を担っているのである。

三

では、この「完全なる二重性」の体現者として、さらにはピューリタン社会の中で疎外された人間として、「処刑台」が象徴する「周縁」に生き続けるヘスター・プリンの性格の本質は一体どこにあるのであろうか。第五章「針仕事をするヘスター」（"Hester at Her Needle"）の中にそれは開示されているように思われる。引用が長くなるが、次にあげてみたい。

彼女の本性には豊かで官能的で、東洋風な特徴があった――絢爛豪華な美をめでる趣味のことであるが、その趣味を発揮するだんになると、華麗な針仕事以外に、彼女の人生にそれを発揮する機会はまったくなかった。女性は繊細な針仕事をして、男性には分からない快楽を味わうものである。ヘスター・プリンにとって、それは人生の情念を表現する手段であり、したがってまた、その情念をなだめる方法でもあったのだ。他のすべての喜びと同様に、彼女はこの情念も罪としてしりぞけた。些細なことにも良心の干渉をゆるすこの病的な傾向は、心底からの悔悟の念を示すのではなく、その背後に、なんらかの疑わしさ、なんらかの根深い錯誤があることを示しているのではないかと思われる。

このようにして、彼女はこの世で果すべき役割を持つようになった。生まれつきの強い性格と、たぐいまれな能力に恵まれていたので、カインのひたいに捺された烙印よりも彼女にとっては耐えがたいしるしを世間が彼女につけさせたとはいえ、世間は彼女を完全に見捨てることはできなかった。しかしながら、社会との交渉においては、彼女がその社会に属しているという幻想を許容するものはなにもなかった。彼女が接触した人のあらゆる仕草、あらゆる言葉、沈黙でさえも、彼女が追放された女であることを、さらにまた彼女が別世界の住人であるが、はたまた他の人間とはちがう器官や感覚で人間世界と交信して

いるような孤独な存在であることを、時には隠微に、時には露骨にほのめかした。(I, 83–84)

社会から追放された女が、「人生の情念(the passion of her life)」を表現する手段として、「針仕事」というアートを身に着けていることの意義は大きい。自己を表現しようとする衝動は、その根源に「芸術(art)」の萌芽があるからである。[3] そもそも人間が営々と築いてきた社会制度は、発生時から「より良き人生(better life)」を理想としたはずであり、その制度内の個々人の自由は保障されるべきものであったろう。しかし、矛盾は必ず立ち現れるのである。社会制度上の矛盾は、根源的に個人の自己矛盾から発生してくる。従って、個人の「情念(passion)」は、それが強ければ強いほど反社会的になる可能性を孕むのである。ヘスターの「情念」は、「生まれつきの強い性格(native energy of character)」と「たぐいまれな能力(rare capacity)」を内に秘めているのであり、人間の最初の殺人者であるカインの罪の印にも対比される緋文字Aを胸につけたヘスターは、社会から全く疎外されてはいるが、体制側の社会が完全には「見捨てる(cast off)」ことのできない"energy"と"capacity"を満々と湛えているのである。そして、「針仕事」によるヘスターの「自己表現」と「自己愛撫」は、『緋文字』という物語の根源相において脈々と波打っているのである。ヘスターがこの「情念」をも「罪」として斥けたという物語の説明は、確かに彼女の「悔悟の念」の根深い所での「なんらかの疑わしさ」を感じ取っているのであるが、それが現実であり、かつ、ヘスターのディムズデイルとパール（Pearl）に対する愛の真実なのである。従って、自己のエロスに忠実たらんとするヘスターの性格の中に、「絢爛豪華な美」を求めようとする「豊かで官能的で、東洋風な特徴」があるということは、当然なことと言えよう。つまり、「はじめに言葉ありき」という「ヨハネ伝」の冒頭の言葉から察せられるように、神を信ずる者はどこまでも『聖書』というロゴスにこだわって行くが、芸術の根源としてあるエロスは、そのロゴスに鋭く対峙せざるを得ないのであり、ヘスターが「美」を求めようとし、「針仕事」によって自ら創造しようともする「東洋的」、あるいは「異端的」特色を持つと説明されるのは、『聖書』に基づくキリスト教のロゴスのアンチテーゼとして彼女が存在しているからなのである。従って、それ故にこそ「約束の地」であるカナンを求めて新大陸に渡ってきた「アメリカのアダム」たちは、彼らの社会体制を転覆させる潜在力をもつヘスター・プリンにアレルギー反応を起こすのであり、さらには物語自体もヘスターのその潜在力を敏感に恐れているのである。コラカーチオ（Michael J. Colacurcio）は、そのことについて「語り手は彼女の言葉を信じていないし、彼女の魂を怖れているが、より深い所では、テクスト自体が彼女の単純な力にかなり畏敬の念を抱いている（The narrator distrusts her logic and fears for her soul but, deeper down, the text stands fairly in awe of her simple power)」と述べ、ローレンスの「女は疑い深い男の復讐の女神なのだ。女はそれを避けられない（Woman is the nemesis of doubting man. She can't help it)」という言葉をあげている（13)。

四

では次に、ヘスターに対するアレルギー反応の極致が表現されている第一の「処刑台」の磁場に我々は踏み入って見よう。

ヘスターは首を横に振った。

「女よ、天の慈悲の限度をふみこえるでない！」ウィルソン牧師は以前より、よほどきびしく言った。「その赤子でさえ、いましがたおまえが聞いた忠言に賛同し、確認する声を天からさずかっているではないか。名を言うのだ！　その名を言い、罪を悔いるなら、おまえの胸から緋色の文字が取り去られることになろう」

「いいえ、取り去られることなどございません!」ヘスター・プリンは、ウィルソン牧師その人ではなく、若い牧師の奥深く不安げな目をのぞきこんで言った。「緋文字はあまりにも深くわたくしの胸に焼きつけられています。あなたさまに取り去ることなどできません。わたくしの苦しみだけでなく、あの人の分も耐え忍んでまいりたくぞんじます!」「言え、女!」別の声が、冷酷無残に、処刑台のまわりの群衆から飛んだ。「言え、そして子供に父親を与えてやれ!」

「絶対に言いません!」ヘスターは、死人のように青ざめながら、確かに聞き覚えのある、この声に向かって答えた。「それに、わたしの子には天の父をさがさせます。この子に地上の父は教えません!」

「彼女は言いますまい!」自分の忠告に対する答えを待っていたディムズデイル牧師は、バルコニーから身をのりだし、心臓に手をおいて、つぶやいた。「女心の驚くべき強さと寛大さよ! 彼女は言いますまい!」(I, 68)

ピューリタン社会の保持にからめとられている偽善的な牧師ディムズデイルの "fellow-sinner" を求める "the counsel" に対して、キッパリとヘスターは "No!" を表明する。ここにこそ、フィードラーが、「世界中で合衆国ほど、作家が社会全体のもつ秘密の魅力、すなわち社会で公然と主張されている正統派的慣行を否定し、社会が大事に守ってきた偽りを暴くという魅力を深く感じているところはない。これほど極端に作家の否という言葉、作家の「裏切り」が要求されるところはどこにもないのである。アメリカの作家が厚かましすぎるほど肯定的な役割を演じようという気持ちに誘われることはほとんどないのだ」(503–04) と述べていることの「原型」があるように思われる。また、ルーイス (R.W.B. Lewis) は次のように言うのだ。

『緋文字』の冒頭の場面は、アメリカ文学におけるすぐれた劇的イメージである。この場面とこの作品により、新世界の小説は初めて完成の域に達し、ホーソーンも初めて傑作を得たのである。この場面によって、アメリカ的状況に見られる暗い欺瞞的なものすべてが明るみに出されたのだ。[4]」(111)

この「暗い欺瞞的なもの」こそが、フィードラーが言う所の「公然と主張されている正統派的慣行 (publicly asserted orthodoxies)」の中にヒタ隠しにされている「大事に守ってきた偽り (dearly preserved deceits)」なのである。『緋文字』において、それは一体何か? その答えは、長老牧師の「女よ、天の慈悲の限度をふみこえるでない！（Woman, transgress not beyond the limits of Heaven's mercy!）」という絶叫の中にあるのだ。「天の慈悲」をふみこえているのは長老牧師ウィルソン自身なのである。「アメリカのアダム」たちは、新世界という未開の辺境地に忽ち旧世界の「一種の社會的施設」を持ち込んで恬として恥じない。彼らには、「ヨハネ伝」の〈姦淫の女〉のことは頭を掠めても、体制維持は至上命令なのである。さらにまた、彼らは福音書の根本を支えていると思われる〈裁くな〉（Matt. 7:1–6; Luke 6: 36–42）という言葉（ロゴス）に全く耳をかそうともしないのである。ピューリタン社会の中心を象徴する「説教壇」は、この時たった一人の女に激しく揺さぶられ根底からぐらついているが、一方、ヘスターの立つ「処刑台」は、内に豊穣なる「周縁」的エネルギーを秘めて微動だにしないのである。彼女の「それに、わたしの子には天の父をさがさせます。この子に地上の父は教えません！（And my child must seek a heavenly Father; she shall never know an earthly one!）」という最後の一言は、追い詰められた末の絶叫であろうと、逆説的に彼女の真のキリスト教徒たる所以を物語っている。つまり、「絶対者」として、かつまた「造物主」としての「神（a heavenly Father）」をどこまでも信ずるヘスターの態度は、本質的に無神論者のそれとは千里の径庭があるからであり、この言葉をもってヘスターは、ピューリタン社会の反体制者として「女心の驚くべき強さと寛大さ（Wondrous strength and generosity of a woman's heart）」の中に生き抜く覚悟を表明したからである。彼女の勁さは、自己の「情念」に忠実にディムズデイルを徹頭徹尾愛そうとする所から生まれている。そして、その「情念」が自ら紡ぎ出した緋文字Aを胸につけ、ヘスターは一人社会と対峙している。そもそも我々は、原始キリスト教がユダヤ教に対して、反体制的存在であったことをここで想起してもよいかもしれない。かくして、第一の「処刑台」の磁場では、ヘスターの追い込まれた周縁性が最高度にまで高められているのを見る。そして、彼女自身の生命力は、反逆の倫理、または愛の倫理として「処刑台」の磁力を臨界点（critical point）にまで達しさせたのだった。

五

では、我々は第二の「処刑台」の磁場において、どのような周縁性を抽出できるであろうか。この磁場の磁力は確かに強烈である。まずはこの場の主人公である牧師ディムズデイルが、一種の「夢遊病（somnambulism）」にかられて「処刑台」に引きつけられる。彼は「懺悔のまねごと（mockery of penitence）」、あるいは「むなしい贖罪のまねごと（vain show of expiation）」

(I, 148) をしに来たのだ。次にその磁力に引きつけられて来るのは、長老牧師ウィルソン (Wilson) であり、さらには、ヘスターとパールであり、チリングワース (Chillingworth) なのである。この場面設定は、ディムズデイル以外の全員がウィンスロップ (Winthrop) 総督の臨終の床からの帰りということになっているが、七年前にヘスターが立った「処刑台」をめぐる人間関係とほぼ同一である。ディムズデイルは、「極度の不安の危機的瞬間 (a crisis of terrible anxiety)」(I, 151) に達しながらも教父ウィルソンには発見されずに済むが、すぐ続けて夜の冷気にあたって手足がこわばり、朝が明けても動けずにそこにいるだろう、と想像する。そして、その彼の体のコワバリをほぐすのが、ヘスターとパールなのである。

ヘスターはだまって階段をのぼり、パールと手をつないで台上に立った。牧師はパールのもう一方の手をさがし、それをにぎった。その瞬間、自分のとはちがう新しい生命のほとばしりが、激流のように心臓に流れこみ、全身の血管をかけめぐるように、彼には思われた。それは母と子がその命のぬくもりをなかば凍えた牧師の肉体にそそぎこむ仕業のようであった。三人は電流のかよう環となったのだ。(I, 153)

七年前に共に立つべきであったこの闇の中の「処刑台」の上で、三人の親子は「電流のかよう環（an electric chain）」となったのであり、それを成すには、母と子の「命のぬくもり（vital warmth）」が不可欠であった。その後すぐ、明日の昼に一緒にこの場所に立ってくれとパールに迫られるが、牧師は明日ではなく、「最後の審判の日（the great judgment day）」という言葉で逃げ、さらに「この世の昼の光（the daylight of this world）」の中では三人の姿を見せてはならないと言うのである。しかし、その瞬間、「流星（one of those meteors）」が流れ、あたりは「真昼のような明るさ（the distinctness of mid-day）」で輝きわたるのだ。この場面にこそ、「処刑台」の磁場が発する「周縁」的想像力のメカニズムが隠されているのである。

—これらのものがみなはっきりと見えたけれども、どこか奇妙な様相があり、それがこの世の事物にこれまでとは別の道徳的解釈を付与しているように思われた。しかも、そういう情景のなかで、牧師は胸に手をおき、ヘスター・プリンはにぶく光る縁かがりをした文字を胸につけ、またその存在そのものがひとつの象徴であり、二人を結ぶきずなでもあるパールが立っていた。彼らはそういう奇妙で荘厳な真昼のような光彩のなかに立ちつくしていた。その荘厳な輝きはあらゆる秘密をあばく光のようでもあり、また縁ある者をたが

いに結びつける曙光のようでもあった。(I, 154)

ここにおいて、自然現象としての流星の出現は、極めて意義が深い。つまり、文明社会の「周縁」に位置する「処刑台」は、象徴的な意味で最も「自然」というものに近接した場所にあり、その磁場が「自然」を触媒として活性化され、エネルギー(あるいは、想像力)を発生させるからである。三人の立った「処刑台」の磁力は、流星の出現によってプラスとマイナスを逆転させられるのである。これまで条理であると考えられていたものが、不条理となり、逆に不条理と考えられていたものが条理となるのだ。つまり、ここに「別の道徳的解釈」の可能性が発現してくるのである。『緋文字』の作者ホーソーンは、おそらく我々を取り巻く「自然」というものに深い畏敬の念を抱いていたであろう。人間の形成する社会というものが、あたかもすべての「中心」だと考える思い上りは、「自然」に最も近接した「周縁」の存在によって時たま粉砕されるのである。ルーイスが、ホーソーンにとっての「森」について、「彼独特の悲劇的ドラマにおける逆転と発見の生ずる場所(the scene of reversal and discovery in his characteristic tragic drama)」(114)であったと言うが、この「逆転と発見の生ずる場所」を一歩ずらせば、象徴的な意味で「森」との接点にある「処刑台」をその場所と考えることができる。この第二の「処刑台」の磁場は、流星という「自然」を触媒として、既存の価値観を逆転させる可能性を内在した「周縁」的想像力を孕んでいるのである。そして、第一の「処刑台」の磁場が、人間社会の中で反体制の意味を伝えていたのに対して、この第二の「処刑台」の磁場は、広く「自然」との関係の中にある意味を放射しているように思われる。

六

第二から第三の「処刑台」の場面への展開は急である。間にピューリタン社会からの逃亡を二人が決める森の場面があるが、すべてが数日の内に終わる。次に、牧師ディムズデイルの罪が告白される最後の「処刑台」の場面を見てみよう。

「いまやっと、死をまぢかにひかえて、その男はみなさんのまえに立ったのです！　その男が、再度、ヘスターの緋文字を見てくださいと懇願するのです！　その男が言うのです——それがいかほど神秘的な恐怖をそそろうとも、その男の胸にあるしるしにくらべれば、影にすぎず、そしてまた、この、彼自身の赤いしるしでさえ、その心の奥底を焼きこがしたものの仮の姿にすぎない、と言うのです！　罪人に下された神の裁きに疑いをいだくかたは、だれでもここに立ってください！　そして見るがよい！　このおそろしい証拠を！」

痙攣的な動作で、彼は牧師のたれえりを胸から引きちぎった。それは　姿をあらわした！　しかしそこに露呈したものについて書くことは不敬のそしりをまぬかれまい。一瞬、恐怖に打たれた群衆の視線はこのおそろしい奇跡のうえに注がれた。一方、牧師は、最も苦しい苦痛の極点にあって勝利を得た人のように、顔に凱歌の色をうかべて立ちつくしていた。と、彼は処刑台のうえに崩れ落ちた！　ヘスターはわずかに彼のからだを抱きおこし、頭を胸にもたせかけた。老ロジャー・チリングワースは、まるで命が去ってもぬけの殻になったような顔に、うつろで、鈍重な表情をうかべて、牧師のそばにひざまずいた。

(I, 255)

ここに我々は、ディムズデイルとヘスターの立場の「逆転」を可能にする「処刑台」の磁場を目の当たりにすることになるのだ。多少比喩的な言い方になるが、牧師ディムズデイルはこの最期の時まで、「炎の舌（the Tongue of Flame）」（I, 142）による「説教（sermon）」の創造を通じて、自己の胸に緋文字Aを紡ぎつづけてきたのである。そしてついに、この最期の告白の

「処刑台」の上でそれは完成を見たのである。逆に、ヘスター・プリンはこの時まで、胸の緋文字Aをほどきつづけてきたがここでほどき終わり、その文字は愛する人ディムズデイルに転位したのである。逆説的ではあるが、自己の胸につけることになった罪の印Aを紡ぎ出したヘスターの想像力は、屈辱的な第一の「処刑台」以後、「針仕事」という芸術的な創造に全身全霊をもって向かうことによって、自己の罪の贖罪を果たし終えたのだ。姦通の罪の印、緋文字Aは、この「処刑台」上でヘスターの胸から消えてなくなり「無」になったのであり、他方、その緋文字はディムズデイルの「心の奥底（inmost heart）」（I, 255）に完全に転位し、どこまでも絶対なる神を「無限」の中に求めて牧師ディムズデイルは、「最も苦しい苦痛の極点にあって勝利を得た人」のように死に赴くのである。ここに我々は、すべての人間の罪を背負ってゴルゴダの丘の十字架（the Cross）に登った救世主イエス・キリストのドラマの再現を見てはならないだろうか。ヘスターのもつ「情念（passion）」は、どこまでも人間に対する愛に向けられている故に、その「地」に向かうベクトルはマイナスのベクトルと言えよう。それに対して、ディムズデイルのロゴスは、どこまでも神に対する愛に向けられている故に、その「天」に向かうベクトルはプラスのベクトルと言えるだろう。敢えて比喩的な表現を用いれば、このプラスとマイナスのベクトルが“cross”した地点こそが、この第三の告白の「処刑台」なのである。そして、牧師ディムズデイルは神の無限を希求し、ヘスターは人間の無を確認しつづけるのだ。「処刑台」上に倒れたディムズデイルをヘスターが支えるその支え方「頭を胸にもたせかけ（his head against her bosom）」にこそ、彼ら二人の存在の有り様が鮮明に浮かび上がってくる。ディムズデイルの「頭」はロゴスであり、それは理性の象徴である。ヘスターの「胸」は「情念」またはエロスであり、それは感情の象徴なのである。この相反する二者の激突こそが、『緋文字』の根元にある永遠のテーマなのである。そして、この第三の「処刑台」上で死んでゆくのは、牧師ディムズデイルであり、その傍らで「生気のない鈍重な顔つき」をしているのが老ロジャー・チリングワースなのである。すべての生命力が、「処刑台」の磁場に引き寄せられた後、生きつづけてゆくのはヘスターとパールだけである。ヘスターは結局、愛する人ディムズデイルに土壇場で無惨にも裏切られたのではあるが、彼女の生命力は、「周縁」的想像力を保持しつづけることによって、かえっていよいよ輝きを増すばかりなのだ。ここに、コラカーチオの言う所のヘスター・プリンの、ひいては『緋文字』の「劇的生命力（dramatic vitality）」（20）があるように思われる。

注

（1）フィードラーの邦訳は、佐伯彰一他訳『アメリカ小説における愛と死』（新潮社）に拠る。

（2）『緋文字』のシステム構造が、最も端的で、かつ逆説的な形で現れている部分は、次の一節であろう。「初期ニューイングランドにおいては牧師の職にあるというだけですでに崇拝の的であったが、この瞬間、彼は天与の知性、ゆたかな学識、説得力ある雄弁、純白無垢の評判によってかちとることができる牧師としての最高の名誉ある地位に立っていたのである。牧師が、この祝賀説教のおわりにあたり、説教壇のクッションにこうべをたれたとき、彼の占めていた立場はこのようなものであった。その間ずっと、ヘスター・プリンは、なおも胸に緋文字を燃やしながら、処刑台のそばに立ちつくしていたのである。」（I, 249–50）

（3）Nina Baym などは、*The Shape of Hawthorne's Career*（Ithaca: Cornell University Press, 1976）の中で "Hester's art—and that she is an artist, Hawthorne leaves no doubt—though ornamental in form, must not be confused with the delicate prettiness of Owen Warland's butterfly or the cold fragility of the snow-image. Her art is not pretty but splendid, and not cold but fiercely passionate, for it stems directly from the passionate self that engendered Pearl and is now denied all other expression"（131）と述べ、ヘスターを「情熱的な自己」を持つ確たる一人の芸術家として捉えている。

（4）ルーイスの邦訳は、斎藤光訳『アメリカのアダム——一九世紀における無垢と悲劇と伝統——』（研究社）に拠る。

第三章　「七破風の屋敷」の磁場
――「炉辺」と「鉄道」の楕円幻想

かつてアリス・ピンチョン（Alice Pyncheon）の蒔いた種から芽生えた花々は、今年も「七破風の屋敷」の正面上の破風と破風の狭間に満開となっている。めぐりゆく季節の中で忘れずに花をつける「アリスの花束（Alice's Posies）」（II, 286）[1]は、この日を待ち続けてきたのだと思われる。つまり、愛の花が成就する日を、である。ピンチョン家とモール（Maule）家の占有／被占有[2]という宿怨関係の転倒的構造を端的に象徴するマシュー・モール（Matthew Maule）（初代の孫）とアリスの関係は、すでに初代マシュー（Matthew）が処刑台上でピンチョン大佐（Colonel Pyncheon）に吐きかけた呪詛の言葉に暗示的に予言されていたのだが[3]、目に見える形でピンチョン家への復讐を実行したのが、マシュー・モールであり、その術は催眠術であったのである。一人の人間の魂の尊厳を弄ぶという罪は、ホーソーンにとっては最高最大の罪、「許されざる罪（the Unpardonable Sin）」であった。マシュー・モールの孫は、その罪を犯し、アリス・ピンチョンを間接的に死に追いやったのである。そして、彼女の死から約一六〇年ほど経った現在、実ることのなかった両家の愛の花が、「アリスの花束」に後押しされるかのように、芽生え、一気呵成に開花するのである。

「ぼくを愛してくれますか？」と、ホールグレイヴがきく。「二人が愛しあっているなら、いまのこの瞬間には、もうそれ以上なにを考える余地もありません。ぼくたちはそこに立ちどまって、満足しようじゃありませんか。ぼくを愛してくれますか、フィービー？」

「あなたには、あたしの心のなかがわかってらっしゃるんじゃありませんの？」眼を伏せながら、フィービーは答えた。「あたしがあなたを愛していることは、わかってらっしゃるくせに！」

そしてまさに、疑惑と怖れに満ちあふれたこの瞬間に、それなくしてはどんな人間の存在も空白となってしまうあの唯一つの奇跡が作りあげられたのだった。あらゆるものを真実な、美しい、神聖なものと化してしまうあの天上の歓びが、この青年と処女のまわりに輝きわたった。二人は、悲しいものや年おいたものはなにも意識していなかった。彼らは大地を変貌させてそれをふたたびエデンと化し、みずからその最初の二人の住人となったのだ。すぐそばにいるあの死人も、忘れ去られてしまっていた。このような緊急のときには、「死」などけっして存在しない。「永遠の生」が新しく啓示されて、その神聖な雰囲気のなかにいっさいを抱きとめてしまうからだ。（II, 307　以下、傍点筆者）

「七破風の屋敷」におけるピンチョン判事の死を目の当たりにした彼ら、ホールグレイヴ（Holgrave）とフィービーの今現在置かれている状況は、まさに、「疑惑と怖れに満ちあふれ（full of doubt and awe）」ている。しかし、だからこそ「唯一つの奇跡（the one miracle）」が働いたのであり、「それなくしてはどんな人間の存在も空白となってしまう（without which every human existence is a blank）」という語り手の言葉は、かなりの自信と確信をもって発せられていると思われる。「空白」かもしれない人生に「愛の奇跡」を引き起こすことが、このロマンス作品の根底を支えているのだ。もちろん、スチュアート（Randall Stewart）の指摘の通り、この『七破風の屋敷』という作品の中心的なテーマは、「過去の影響」（"the influence of the past"[4]）ではあるのだが、その「過去」をどこかで超越したい願望を作者ホーソーンは持ち続けていたと思われる。[5] そして、物語も押し詰まったギリギリの所で、これまでの暗く重々しい雰囲気を思い切り転倒させて見せているのだ。従来から指摘されているホールグレイヴとフィービーの関係の変容の唐突さは、作者によって入念に仕組まれた「愛の奇跡」によって裏打ちされているのである。なぜならば、語り手、ひいては作者が言う「ロマンス」とは、ある意味で、「無から有を生む」術だからである。奇跡はなされたのである。彼ら二人は、至福に包まれたエデンで自らアダムとイヴになったのであり、「永遠の生（Immortality）」は彼らのものなのである。果たして、これほどまでにロマンティックな展開を可能にしたものは何であろうか。それは、ホールグレイヴのフィービーへのプロポーズの言葉に表されているように思われる。

「ああ、フィービー！」ほとんど溜息をつかんばかりに、もの思いに沈んだ微笑を浮かべながら、ホールグレイヴは叫んだ。「きっと、あなたが予想していられるのとはうんと違った結果になりますよ。世界はその前進しようとする衝動すべてを、不安を抱く人々に負うているんです。幸福な人間は、どうしても古くからの境遇のなかに身を閉じこめてしまうものです。どうやらぼく自身も、これからは、木を植えたり、柵をめぐらしたり――いや、たぶん、そのうちにはつぎの世代のために家まで建てかねないような――ひとくちにいってしまえば、法律や社会の平和な慣習に従ってしまいそうな予感がしているんですよ。きっとあなたの平衡感覚のほうが、ぼくの振り子のように揺れる性質よりも力強いものになるにちがいありません。」(II, 306–7)

「世界はその前進しようとする衝動すべてを、不安を抱く人々に負うている(The world owes all its onward impulse to men ill at ease)」という一文に注目したい。この「不安を抱く人々」とは、根源的には原罪の主人公たちであるアダムとイヴであろう。キルケゴール(Søren Kierkegaard, 1813–55)の『不安の概念』[6]が提示する「共感的反感、反感的共感」というアンビバレントな〈不安〉の実相は、アダムとイヴという最初の人間を介在にして、人類を一歩前進させた。つまり、エデンの園という定常化された自己完結的な楽園から彼らが追放されることになった本来的な理由は、彼らの「前進しようとする衝動」にあったのである。そして今、世界を一歩前進させるためには、「不安を抱く人々」であるホールグレイヴとフィービーの愛が成就されねばならないのである。「単純な娘(a simple girl)」(II, 306)であるが故に持ち得るフィービーの「平衡感覚(poise)」は、「いろいろとたくさんの思想」(II, 306)を持つ故に生まれるホールグレイヴの「振り子のように揺れる性質(oscillating tendency)」を包摂してくれるものなのだ、とホールグレイヴは言うのだ。

では、ここで「不安を抱く人々」のもう一組のカップルであるクリフォード（Clifford）とヘプジバー（Hepzibah）を見てみよう。ホールグレイヴとフィービーが、「愛の奇跡」によって世界を前進させた日の前日に、クリフォードたちは、「鉄道」の上で世界を前進させていたのである。鉄道による束の間の逃亡の〈旅〉によって、クリフォード・ピンチョンは、炉辺に象徴される「家庭の幸福」が、諸悪の根源である、という認識に達した。この認識は、一面の真理を言い当てているのだ。人間はエゴの塊であるが、そのエゴが無限大に拡大していく場所こそが、家であり、その下の地面なのだ。またこれは、ホーソーンがしばしば、自らの芸術的テーマとして持っていた「この世の不滅（earthly immortality）」の問題が、現実の生活のレベルに表出している例だと言える。ピンチョン大佐が、ピンチョン家初代として、一族繁栄の基を、知的強奪によって得たマシュー・モールのあばら屋のあった土地の上に建てることによって意図したことは、未来永劫にわたるピンチョン一族の幸福であったろう。家庭の幸福を求めるのは人間の性ではあるが、他人の土地を強奪したことは大罪であった。魔女裁判のパニックの中で、巧みにモールの身分の低さと偏屈さを利用して処刑台に追いやった手口はあくどすぎたのである。ピンチョン大佐の土地に対する執着心は、インディアンとの約束で入手したといわれる東部地方の広大な土地にも見て取れるが、実害のあった被害者モールの例は陰惨である。ピューリタン初代のピンチョン大佐が、家庭の幸福を求めて犯した大罪は、家庭のエゴイズムから生まれたのだ。炉辺の幸せという明るい現実の裏に潜む暗い真実にこそ我々は共感すべきであろう。かくして、ピンチョン大佐の罪の遺伝的形質は、一族の人体の細胞内のDNAの二重螺旋に組み込まれてしまったのである。

初代ピンチョン大佐の生まれ変わりのような当代のピンチョン判事が、「七破風の屋敷」を訪問中に、まさに初代と同じ様で死んでしまう。クリフォードとヘプジバー兄妹にとっては、ジャフリー（Jaffrey）は従兄弟に当たるのであるが、この男の突然死によって物語は大詰めを迎える。今こそ、過去の柵から逃れ、罪の暗い血脈を断ち切る時が到来したのである。

「静かにしてちょうだい、クリフォード！」片手をあげて、用心するようにいいきかせようとしながら、妹はささやいた。「ごしょうだから、静かにしてちょうだい！」

「あの男を静かにさせておくがいいんだ！――それよりほかに、あの男になにができるというんだ？」クリフォードは、いっそう気ちがいじみた手振りで、いま出てきたばかりの部屋のなかを指さしながら答えた。「私たち二人はといえばだね、ヘプジバー、私たち・・

はもうダンスをしてもいいんだよ！――歌って、踊って、遊んで、なんでも好きなことをしていいんだよ！　重荷は消えうせてしまったんだよ、ヘプジバー。この営々とした古い世界からぬけおちてしまったんだ。だから、私たちは、あのかわいいフィービー自身と同じように、心を軽くしてもいいんだよ！」（II, 250）

この妹と兄のやり取りの後、ヘプジバーはピンチョン判事の死体を発見するのだが、ほとんど腰が抜けた状態となってしまう。逆に、普段は「意志力（the will）」（II, 251）に全く欠けているクリフォードは、「緊張した危機感（the tension of the crisis）」の中でそれを見つけるのだった。そして、長い間潜伏していたクリフォードの「意志力」は、「七破風の屋敷」を立ち去ることを彼に決心させたのである。それでは、どこに彼ら兄と妹は行こうというのであろうか。現実的に見れば、どこにも彼らが向かう目的地はないことは明白である。クリフォードは三十年の長きに亘り牢獄につながれ、ヘプジバーはこの屋敷に生涯幽閉されてきたのである。他には身を置く場所を持たないはずであったのだ。しかし、クリフォードはこの屋敷から逃げ出さなければならないと直感したのである。そして、彼ら二人の道行きは、徒歩でも馬車でもなく、鉄道を選び取るのである。なぜ、鉄道であったのであろうか。道路ではなく鉄路を二人に旅させた作者（語り手）の意図は何であろうか。鉄道（蒸気機関車）は十九世紀中葉において、科学文明の最先端を行くものであったことは確かであろう。蒸気機関の発明によって諸産業は長足の進歩を遂げていたのであり、網の目状に延伸していく鉄道の線路もすべてその蒸気機関によって製造されていたのである。人間の生活のスピードが、文明の利器のもたらすスピードと相呼応していくのは自明の理であろう。そのような時代にあって、彼ら兄妹は、世間から全く孤絶していたのである。兄の出獄を間近に控え、ヘプジバーは経済的苦境からの脱却を、一文商いの雑貨店に賭けたのであるが、それに匹敵するほどの大事件がクリフォードの導きによる二人の屋敷からの脱出行であったように思われる。駅舎までの彼らの足取りの覚束なさは、意識の朦朧としたヘプジバーと「強い興奮（a powerful excitement）」（II, 254）に取り付かれ全身を震わせて上擦っているクリフォードの姿に活写されている。そして、駅舎に吸い込まれた二人は、猛り立っている機関車と発車ベルに急き立てられ乗車するのであった。

というわけで、とうとう、世のなかが行ない楽しむいっさいのものからあのように長いあいだ疎隔していたあげくに、彼らは、大きな人生の流れのなかに引きずりこまれて、あたかも運命そのものに吸引されるかのように、勢いよく運びさられることになったのであ

る。（II, 256）

「大きな人生の流れ（the great current of human life）」を当時最もよく象徴するものは、鉄道の旅であったことは、この引用からも容易に肯けるのだ。人生は流れていくものなのである。世間と没交渉では生き生きとした生は送れないのである。クリフォードにこの世に生きていることを実感させたのは、「鉄道のありふれた車内生活」（II, 256）であるのだが、その中でも最も重要なことは、「客車の反対側にすわっていた鋭い目つきの老紳士」（II, 259）との「対話」にあったと思われる。その「対話」は決して弁証法的にアウフヘーベンされることはない。いや、むしろアウフヘーベンを拒絶しているようにさえ思える。老紳士に体現される常識的な既成の価値観は、動かし難い現実ではあるが、そのアンチテーゼとして、クリフォードが提示する不動産の不所持を言う「遊牧状態（the nomadic state）」（II, 259）とは、世間の常識的な現実と真っ向から対立し、屹立し得る思想であるように思われる。ある意味で、それは「ユートピア」思想であろう。「どこにもない場所」を夢見ることができる心性は、「天駆ける気性（a winged nature）」（II, 258）を持っているクリフォードの「生まれつき鋭敏な共感力（naturally poignant sympathies）」（II, 257）にこそ宿るのである。

おりから車掌が切符をきりにやってきた。するとクリフォードは、みずから会計役をかってでて、ほかの乗客たちの例にならって、車掌の手に札を一枚押しこんだ。

「そちらのご婦人とお二人ですか？」と、車掌がきく。「どこまでですか？」

「この汽車のゆくところまでだよ」クリフォードはいった。「そんなことはどうだっていいんだ。私たちは楽しみで汽車に乗っているだけなんだから！」

「お楽しみの旅にしちゃ、妙な日を選びなすったものですな、あなた！」と、客車の反対側にすわっていた鋭い目つきの老紳士が、何者ならんと好奇心をもやしているようすで、クリフォードとそのつれを見やりながら、いった。――「東風の嵐のときは、わが家の暖炉にちょっとばかり火を燃やして、気持ちよくあったまっているのが、いちばんだと思いますがね」

「あなたのご意見には必ずしも賛成できませんね」礼儀正しくその老紳士におじぎをし、相手の提供した話の緒口にすぐさま応じながら、クリフォードがいう。――「それどころか、たったいま思いついたんですが、鉄道というこのすばらしい発明物は――これからもまだまだスピードや便利さの点で、きっと大きな改良を施されるにちがいないし――やがては家庭とか炉辺とかいったそういう古くさい考えは抹殺してしまって、代わりになにかもっといいものをあたえてくれる運命を担っているといわなければなりませんよ」

「常識の名にかけて申しあげねばならんが」と、いささか腹だたしげにかの老紳士は、「いったい、わが家の居間や炉辺より以上に、人間にとってどんないいものがあるといいなさるんですかね？」

「そういうものには、たくさんの善良な人たちが云々しているような美点なんかありゃしませんよ」と、クリフォードは答えて、「手短かにいってしまえば、そうしたものは、つまらぬ目的しかもっていないうえに、その目的にもあんまり役にたっていない、といってもいいでしょうな！　私の印象では、すばらしく発達し、いまなお発達しつつあるこの交通機関というやつは、もう一度われわれをあの遊牧民的状態に連れもどす運命にあるというべきですね。あなたもお気づきでしょうが――いや、ご自分の経験からおわかりになっているにちがいありませんが――人間の進歩というものはすべて円を描くものです、いや、あるいはもっと正確な、美しい比喩を使えば、上昇する螺旋形の曲線を描くものです。」（II, 259）

この鉄道というやつは――汽笛が音楽的に改良され、轟音やきしむ音が取りのぞかれさえすれば——断然、歴史がわれわれのために作ってくれた最大の祝福というべきものですよ。それはわれわれに翼をあたえてくれます、歩いてまわるときの苦労と土埃をなくしてくれます、それは旅行を精神的なものに高めてくれるのです！　移動してゆくことがこんなにたやすいのに、ひとつところに留まっていたいと思うなんて、いったいどうしたことなんでしょう？」(II, 260)

彼はふたたび老紳士のほうを向いて、会話をつづけた。

「そうですとも、あなた」と、彼はいった。「じつに長いあいだなにか聖なるものを表現するものと考えられてきた、こういう屋根とか炉辺とかいった言葉は、いまに人間の日常の語彙から消えうせ、忘れさられてしまうというのが、私の確信でもあり、希望でもあるんですよ。まあ、ちょっと想像してもごらんなさい、このひとつの変化だけで、どんなにたくさんの人間悪が壊滅してしまうことか！　われわれが不動産と呼んでいるもの——つまり、家を建てるための堅固な土地というやつ——こそは、この世のなかのほとんどすべての罪を支えている、広大な基盤にほかなりません。」(II, 263)

これらの引用文から我々読者は、クリフォードの熱弁が、熱に浮かされた上での戯言だと感じるかもしれない。これまでの自分の俘囚の人生は、すべて「七破風の屋敷」という不動産によるものなのだ、という土地に対する怨念が、〈移動〉を信条とする機関車の上で爆発しただけとも解釈されよう。しかし、ホーソーンの意図は、既成概念に対する対立概念の措定にあったように思われる。定住生活か移住生活か、どちらを選ぶにせよ、我々人間は生きることを楽しまなければならない。そして、クリフォードは、この列車内において初めて自ら主体的に楽しむ術を発見したのである。車掌の切符拝見に対するクリフォードの受け答えにある、「私たちは楽しみで汽車に乗っているだけなんだから！（We are riding for pleasure, merely!）」という言葉には、大いに注目すべきであろう。クリフォードにとっての鉄道の旅とは、「楽・し・み（pleasure）」のためにまずあったのである。そのような自由で解放された気分の中で、「炉辺対鉄道」論争は口火が切られるのである。炉辺が大事か、鉄道が大事か？　どちらも大事なのである。両者とも「火」の力が根底にあることに共通性があるが、炉火はすべての基本であることは明白である。なぜならば、「火」を発明した原始人は、なによりもそれを炉火に用いたはずだからだ。炉火から鉄道へのテクノロジーの変遷は、そのまま文明の進歩・発達に重なる訳ではあるが、動力として「火」を用いることができるようになったことは画期的であった。そして、静から動への転換、つまり、炉火から蒸気機関への転換のイメージが、クリフォードの社会転覆的な「遊牧状態」の発想につながったのだと思われる。定住地を持たず永遠に移動し続けるのならば、土地の桎梏から解放されるのだ、と言うクリフォードは、ある意味で正しいのである。なぜならば、人間のエゴイズムは、土地及び家屋、象徴的に言えば、その「炉辺」から生まれるのが現実だからである。そして、このクリフォードの正しさは、鉄道の旅という「楽しみ」にのみ裏打ちされているのだ。もちろん、この「大きな人生の流れ」を象徴する鉄道の旅は、社会から取り残され孤立していたクリフォードとヘプジバに人生の実相を垣間見させるためにこそ用意されていたのではあるが、それ以上に大事なことは、クリフォードの自由な心が摑んだ「楽しみ」の視点だと思われる。しかし、ここで翻って考えると、なぜ、「最も根深い保守的な人間（the most inveterate of conservatives）」（II, 161）であり、「鉄道」のことを「蒸気の悪魔（the steam-devil）」（II, 160）としか考えられなかったクリフォードが、「鉄道」の上で「楽しみ」の視点を獲得し得たのだろうか。それは、アラック（Jonathan Arac）が言うように、彼ら兄妹が車窓から眺める「彼らの目の前を速く過ぎてゆく世界（the world racing past them）」（II, 256）こそが、「低速度撮影写真（time-lapse photography）」の視点のような「歴史の視点（a view of history）」を提示してくれたからだと思われる（15）。社会、あるいは歴史というものが、本質的に過渡的なものとしてあると感じられる時、人間は幸福な気持ちの中で、「楽しみ」の視点、換言すれば、「低速度撮影写真」を見るような〈流れる視点〉を持ち得るのである。さらに言えば、「鉄道」は社会のひとつの縮図なのであり、そこで出会う様々な乗客は、それぞれに自分の人生を背負っているのだという現実に目覚めさせたものこそが、「天翔ける気性」を持つクリフォードの「生まれつき鋭敏な共感力」であったのだ。つまり、クリフォードの摑んだ「楽しみ」の視点とは、既存の価値観の相対化を積極的に促し、人間の精神を自由闊達にしてくれるものなのである。炉火と鉄道、定住と移住という二項対立は、鉄道の線路のようにどこまで行っても平行線をたどるものではあろうが、我々文明人が定住地である家の歴史、あるいはその過去に呪縛されていると感じた時にこそ、鉄道の旅は我々に生きる意味を教えてくれるように思われる。つまり、交わらない二本のレールの上をひた走る蒸気機関車のように、我々人間は矛盾を矛盾のままで受け入れられる感受性を持った人間として[7]、人生を生きることが可能なのだ、ということである。

ワゴナーが、「最新の交通手段により可能となった気楽な逃亡についてのクリフォードの束の間の夢は、幻想なのである。人間の本質的な性質が変わらない限り、天国の鉄道は、今も、また未来にも存在しないものなのだ」(180) と言う時、クリフォードの鉄道による束の間の逃亡の夢は、「幻想」として、いかにも原罪にこだわるピューリタン的な厳格さをもって拒絶されている。しかし、果たしてこれが「幻想」だと言い切れるのだろうか。クリフォードの言葉は、小野清之が言うように、「ついにアメリカ社会の新たな特徴となった"mobility"（社会的流動性）"が出現することをすでに預言している」（小野 二三―四）と思われる。移動のための交通手段の進歩が、人間の価値観、あるいは人生観に影響を与えていることは確実であろう。時代を先取りしたクリフォードの予言的な言葉は、「七破風の屋敷」の磁場に充満する〈過去〉と、「鉄道」に象徴される〈未来〉をつないでいるのだ。〈過去〉という磁力に引き付けられるクリフォードの不安神経症的な眼差しは、今や車窓からの流れ去るパノラマ的展望によって、現実認識の転換を経験するのである。(8) そしてそれでは、彼は単純に「進歩」の信奉者になってしまったのだろうか。否。彼は、ローレンスの言う「土地の霊(9)」に回帰せざるを得なかったのだ。つまり、人類の進歩について語るクリフォードの「上昇する螺旋形の曲線（an ascending spiral curve）」の"a spiral curve"とは、"a circle"の垂直方向への立体化であり、位相的には同一局面に回帰してくるものだからである。しかし、回帰しつつも〈進歩〉するというイメージが、"ascending"という形容に如実に表れているのだ。ピンチョン屋敷の「土地の霊」は、その「炉辺」に、そしてまた、ピンチョン大佐の肖像画(10)に集約されているのであり、それらの呪縛から解放されるためには、アラクも指摘するように、クリフォードの「痙攣的な生命力の回復〈galvanic return of vitality〉」に見られる「何か不気味なくらい不安なもの〈something eerily disturbing）」（16）であるかもしれないが、既成の人生観を相対化するもう一つの「遊牧状態」という人生観が必要であったのだ。しかし、このクリフォードの心理の深層にある不気味さは、「七破風の屋敷」の中にいては顕在化し得るものではなかったのである。なぜならば、その屋敷の磁場は、モールの呪いの歴史によって、断ち切ることができない自家中毒の悪循環を保持せずにはいられないほど強固な磁力を持つからである。この磁場に亀裂を入れるべく用意されたのが、ピンチョン判事の死後のクリフォードとヘプジバの「鉄道」による逃亡であったのである。そして、「炉辺」と「鉄道」は、対立し合いながらも楕円の軌道を描くための二つの焦点となっているのであり、その二つの焦点が描く楕円は、さらに、上方へ向かう「上昇する螺旋形の曲線」を描くのだ。花田清輝は、楕円は、二つの焦点を持つ「複雑な調和」、あるいは、「矛盾の調和」の美を表現していると言うが〈花田 二三五―三六〉、ピンチョン家の歴史、即ちその〈過去〉についての肯定と否定の二項対立という矛盾の人生を歩んできたクリフォードの透徹した審美眼がついに摑んだ楕円的思考は、美的な「矛盾の調和」の人生の意味を彼に理解させたのである。つまり、クリフォードは、「七破風の屋敷」の磁場を離れた「鉄道」の上で、幻想であるかもしれないが、「炉辺」と「鉄道」の楕円幻想を生きることができたのだ。

注

（1）『七破風の屋敷』の邦訳は、大橋健三郎訳『七破風の屋敷』（筑摩書房）に拠ったが、適宜、筆者による変更を加えている。

（2）ベイムは、“The fundamental action of the novel revolves around a struggle for possession of land first occupied by Maule and then appropriated by Pyncheon, and possession in various senses is the book's major metaphor”（*The Shape of Hawthorne's Career* 155）と述べ、作品内の“possession”の観念の重要性を喚起する。

（3）ウィンターズ（Yvor Winters）は、“The imperceptive, unwavering brutality of many of the actions committed in the name of piety in the Massachusetts colonies more than justified the curse and prophecy uttered by Matthew Maule, that God would give these Puritans blood to drink”（15）と述べ、ピューリタニズムという観念の自家撞着の中で懊悩するホーソーンを的確にとらえている。

（4）スチュアート編の *The American Notebooks by Nathaniel Hawthorne, Based upon the Original Manuscripts in the Pierpont Morgan Library* 所収の“Introduction”（Ch.4 “Recurrent Themes in Hawthorne's Fiction”）参照。

（5）例えば、ブロードヘッド（Richard H. Brodhead）が、“Hawthorne's comments on *The Scarlet Letter* indicate the direction his next experiment with the novel will take. *The House of the Seven Gables* has as its center another tale of guilt and sorrow, but this time that tale ends with a vision of expiation and renewal. Like Shakespeare's romances, *The House of the Seven Gables* includes and transcends a tragedy”（*Hawthorne, Melville, and the Novel* 70）と言う

時、その言葉はこの作品の本質をうがっていると思われる。

（6）セーレン・キルケゴールは、『不安の概念』（1844）の中で、「われわれが不安における弁証法的な諸規定を考察するならば、不安がまさに心理学的両義性をもつものであることがわかるであろう。不安はひとつの共感的反感であり、またひとつの反感的共感である。これはあの「欲情」とはまったく違った意味での心理学的規定であることは、容易にわかっていただけるものと思う。ことばの言いまわしもこのことを完全に裏書きしており、世人は甘美な不安とか、甘い不安にかり立てるといい、えたいの知れない不安、おくびょうな不安などという」（田淵義三郎訳［中公文庫、五五］）と述べている。

（7）この矛盾は、ホーソーン文学の本質を衝くものである。つまり、ホーソーンは、絶えず物事をコントラストとして捉え、独自の明暗法を構築していくのであり、その創作の原動力となるものは、"the moral picturesque" という oxymoron 的な認識方法なのである（本書第七章、参照）。そして、"The Old Apple-Dealer"（1843）における「蒸気の悪魔」と「りんご売りの老人」のコントラストが、〈美的〉にまで昇華されたように、『七破風の屋敷』においては、「炉辺」と「鉄道」というコントラストが、〈美的〉な楕円を描くのである。

（8）また、小野は、当時の作家たちにとっての「鉄道」の本質的な意味は、その存在についての賛否を超えたところにあるのであって、それは、各作家が「鉄道」を「生あるいは人生のイメージ」として捉えたところにあると言う。そして、ホーソーンは、車窓から見る光景に、彼が根底的に抱いていた「生は流動してやむことのないものだ」という生のイメージを重ね合わせている、と的確に指摘している（一六三―一六四）。

（9）ローレンスの『アメリカ古典文学研究』の最も重要なキーワードである「土地の霊」は、〈自由〉という言葉と密接に関連している。どんな人間にも祖国があり、家庭があるのであり、その場所から逃亡したとしても〈自由〉にはなれないというのである。そして、「土地の霊」という "a great reality"（12）にさらされながらも、"Men are only free when they are doing what the deepest self likes"（13）とするのだ。クリフォードは、ローレンスの言う"getting down to the deepest self"（13）を、〈過去〉の呪縛を解放してくれる時代の最先端のテクノロジーの枠である「鉄道」の上において成し遂げ、真の〈自由〉を体得するのではあるが、彼は、自分にとっての究極の「土地の霊」である「七破風の屋敷」の「炉辺」に帰っていくしかないのである。ここに我々は、〈逃亡と回帰〉による人間の精神的成長という古来からの文学的テーマを読み取ることが可能なのである。

（10）ブロードヘッドは、作品内における肖像画（クリフォードを描いたMalboneの細密画と当代のピンチョン判事を写したホールグレイヴの銀板写真も含む）の描写は、緋文字の処刑台上での開示の瞬間と同じく、この本の"epiphanies"となっており、さらには、その"persisting conflict"の関係を一瞬のうちに静的かつ図像的にイメージ化しているという。そして、肖像画が関係の本質を表し、その関係は、その肖像画の予言通りになぞられるのだと言うが、これは卓見である。（*Hawthorne, Melville, and the Novel* 82）

第四章　「ブライズデイル」の磁場（一）

――カヴァデイルの「ナンセンス」の功罪をめぐって

一

『ブライズデイル・ロマンス』の語り手カヴァデイルは、ゼノビア（Zenobia）、プリシラ（Priscilla）、そしてホリングズワース（Hollingsworth）に別れを告げ、ユートピア的共同社会ブライズデイル（Blithedale）を去る直前に飼育している豚たちにもお別れをしようと豚小屋に立ち寄る。その時の豚たちの様子は、カヴァデイルの目に次のように映る。

豚たちは自分たち自身の肉体の中に包み込まれて、殆ど窒息しそうな状態で生き埋めにされている――そんな感じがした。(III [*The Blithedale Romance*], 144　以下、傍点筆者)[1]

この描写の前でカヴァデイルは、どんな気まぐれから豚小屋へ行く気持になったのか全くわからないと語っている。しかし、筆者はこの「生き埋め（buried alive)」という豚たちの様態の中に、カヴァデイルが究極的に選び取っている彼自身の姿の象徴を見る。『ブライズデイル・ロマンス』の語り手であり、視点人物でもあるカヴァデイルの観察眼は、どうもこのように気まぐれで、ある意味でナンセンスで馬鹿げたことに向かいがちのようである。そして、豚のことをあえて作者ホーソーンがカヴァデイルに語らせたその意図に、何かホーソーン特有のロマンスのにおいを感ずるのは筆者だけではないであろう。いささか豚にこだわるが、次の豚たちの描写にはそのロマンスを想起させるようなところがある。

連中は小さくて赤い、これでも目なのかと思えるような目でもって、ちらっと私の方を見たかと思うと、また眠り込んだ――と言っても、深い眠りというのではない。この脂に満ちた幸福は、夢と現実との間にあってなお手に入れることができるといった、そんな感じの眠りだった。(III, 144)

「夢と現実との間にあって」とは、ホーソーンが展開したロマンス論の中核にある「中間領域」を我々に思い起させる。その夢と現実の入り交じった「中間領域」にあっては、どんな荒唐無稽なことも、どんなナンセンスもおこりうるのだった。そして、ホーソーンはそのナンセンスを透視したすえ、浮かび上がるであろう真実を見出そうと苦心したと思われる。ロマンスを唱えるホーソーンの姿勢というものは、『ブライズデイル・ロマンス』においては多くカヴァデイルに代弁されていると言えよう。しかし、同時にホーソーンは、ナンセンスにひたり過ぎることの危険をも示している。つまり、それが「生き埋め」というカヴァデイルが端無くも選んでいる彼の人生なのである。進んで本稿では、カヴァデイルを「生き埋め」の人生に誘い込んだナンセンスの功罪をさぐってゆきたいと思う。

二

カヴァデイルという人間を理解しようとする時、まるで対極にある博愛主義者ホリングズワースなる男について考えることは有益であろう。彼を呪縛してしまったその博愛主義について、ホーソーンがどのように語り手カヴァバデイルをして語らせるのか見てみよう。

それは人の心を破滅させるか、でなくとも、少なくとも破滅させるおそれがある。心の中の豊かな液を強引に絞り出し、それを不自然な工程を経てアルコールへと蒸留する、などというのは神のご意志ではない。そうではなくて、人生を甘くまろやかで、優しい愛に満ちたものにすること、そして知らず知らずのうちに他の人の心や生活に影響を与えて、自分と同じ至福へと向かわせる――こうでなくてはならない筈なのだ。(III, 243)

この一節は、ゼノビアの自殺後、何年かしてカヴァデイルが、うらぶれたホリングズワースと再会した場面の中で述懐されている。カヴァデイルは、犯罪人更生を己の生涯の目的としたホリングズワースが、皮肉にも、今や自分という「ただ一人の殺人者(a single murderer)」(III, 243)の更生に身をやつしているのを見てそこから「教訓(moral)」(III, 243)を引き出し、われわれに提示しているのである。つまり、ホリングズワースが虜となった博愛という観念は、「人の心」を破滅させる可能性を多分に持っている。そして、「心の中の豊かな液」は不自然にひとつの観念によって強引に生み出されるべきものではなく、それは、「人生を甘くまろやかで、優しい愛に満ちたものにすること、そして知らず知らずのうちに他の人の心や生活に影響を与えて、自分と同じ至福へと向かわせる」ためにあると述べられている。これは、語り手カヴァバデイルの心からの理想ではあったろう。彼は充分に冷静であり、ともすれば人間をがんじがらめにする可能性のある観念なり、理想なりに溺れそうになりながら、溺れていない。なぜならば、彼は常に「ナンセンス（nonsense）」を忘れずに堅持し得たからである。この「ナンセンス」という言葉は、次のカヴァデイルとホリングズワースとの問答の中に見られる。

「君はまるで、この上なくナンセンスなことを一気に喋ろうとしているみたいだ」ホリングズワースが言った。

「ああ、君には解らないのかなあ」私は答えた。「九十パーセントまでナンセンスと見えることの中にこそ、最も深遠なる知恵があるんだってことがさ。そうでなきゃ口にするだけの値打ちもない。」(III, 129)

「ナンセンス」を黙殺しようとするホリングズワースに対して、カヴァデイルは「九十パーセントまでナンセンスと見えることの中にこそ、最も深遠なる知恵がある」と考えている。つまり、カヴァデイルは人生における「ナンセンス」を受け入れ、育んでゆく心を持っていると言えよう。

しかし、反面、その彼の「ナンセンス」への執着の徹底性は、彼の人生を「全く空虚なもの（all an emptiness）」（III, 246）にしてしまってもいる。『ブライズデイル・ロマンス』全体を通して見て、やはり、カヴァデイルはその物事を観察する眼の鋭敏さにもかかわらず、人間の気持ちの問題になると、どこかいびつなものを感じさせる。例えば、ジャスタス（James H. Justus）は、カヴァデイルをヘンリー・ジェイムズの創造した『デイジー・ミラー』（*Daisy Miller*, 1878）のウィンターボーン（Winterbourne）などと同じような「情緒的障害者（emotional cripples）」の先駆けとして見ている。(2) また、メイル（Roy R. Male）は、カヴァデイルをロバート・ペン・ウォレン（Robert Penn Warren）の『すべて王の民』（*All the King's Men*, 1946）の中のジャック・バーデン（Jack Burden）のような「皮肉な語り手（cynical narrator）」の原型として捉えている（Male, *Hawthorne's Tragic Vision* 150）。やはり、このような彼の精神の歪みなり卑小さは、過度の「ナンセンス」志向に起因したものであろう。だが、その「ナンセンス」を忘れない態度は、己の観念にとらわれたり、振り回されたりすることには決してならない抑制力を生み出し、結果的には、彼の信ずる良心を守り得る最後の砦となったのだ。この良心とは、ローレンスが言うところの「悲しき完全なる意識（sad integral consciousness）」（117）であり、それを持ったカヴァデイルがここに浮彫りにされているのである。かくして、「ナンセンス」

を享受し得ないホリングズワースの対極にあるカヴァデイルの人生に対する「ナンセンス」的見方は、瑣末で馬鹿げたことを等閑に付さず、見失わないことに依拠している。そして、『ブライズデイル・ロマンス』全篇を一貫して見られるカヴァデイルの自己表出は、その「ナンセンス」を忘れない態度に貫かれてしまっているのである。

三

では、ここでさらに、その「ナンセンス」が、カヴァデイルの考える人間生活の在り方にどのように反映しているかを見てみたい。次の文章は、人生と酒の関係についての弁護的な見解の中で語られている。

それに大多数の人の生活は、恐らく、酒樽を取りあげられてしまったあとの大きな空白に耐えることはできないだろう。酒に代わる何かが、なんとしてもその空白を埋めねばならない。(III, 175)

ここにおいては、「太鼓腹の凸面（"big-bellied convexity）」という比喩で表現される「酒樽」を引っ込めようとする、つまり酒をなくそうとする時にできる落着き場をなくした「大きな空白（great a vacuum）」に、「人の生活（human life）」が耐えられようはずもないのであり、もし酒がその任を負えないなら、それに代わる何かがその空白を埋めねばならない、と言うのである。このようにカヴァデイルは、必要悪としての酒というような人生におけるはみ出した部分を認めようとしている。このはみ出しを容認する態度こそ、とりもなおさず、カヴァデイルの「ナンセンス」を忘れない態度を証左するものであろう。また、我々は、この引用の一節からホリングズワースがその更生を目指している世の中のはみ出し者（犯罪者）たちの存在に対するカヴァデイルの消極的な肯定を聞き取ってもよいであろう。犯罪者の更生に腐心する博愛主義者ホリングズワースは、ヘンリー・ジェイムズが、「彼（ホリングズワース）の世間に対する態度は、かな床に対するハンマーのそれであって」（105–6）と言うように、人間社会のはみ出した部分を限りなく平らにせんとするのである。また、ジェイムズはホリングズワースの鍛冶屋（blacksmith）としての登場を「彼の粗野と冷酷（his roughness and hardness）」と「かくも論理的な理性（so logical a reason）」との不均衡ゆえに、多分としながらも残念がっている（107）。しかし、作者ホーソーンのその人物設定の妥当性は、鍛冶屋には、「レンガとモルタルで（in brick and mortar）」（III, 94）建てられるはずの罪人更生の救済院を建設できないであろうというアイロニーの中に見出せると思われる。かくして、ホリングズワースなる人間は、社会というものが生み出さずにはおれない矛盾を矛盾のまま自分の中に取り込むことのできない男なのである。そして、この矛盾を矛盾として感受する態度は、「ナンセンス」を認める心の働きに由来していると思われる。社会の構成員たる人間が、皆一律にまったく画一のスケールにはまることはあり得ないのであり、また、そうあってはならないであろう。「ナンセンス」を忘れない態度とは、個々人の良心を圧殺していく怖れのある画一的で柔軟性のない観念なり理想に対峙して在るのである。ここにおいて、カヴァデイルが観念と言えるものをもつとすれば、それは絶えず観念自体を突き崩していく批評家的観察眼と言えるだろう。その観察者の眼をカヴァデイルに約束しているのは、彼のその「ナンセンス」を忘れない態度なのである。

四

人間がもってしまう観念が先鋭化していく過程において、個人の良心が崩壊してゆく有り様を、我々はホリングズワースの内に見出すことができる。第十五章「危機」の場面において、カヴァデイルは、「博愛主義者に付きまとう罪は、精神的な歪みをもちがちになることにある、と私には思われる（the besetting sin of a philanthropist, it appears to me, is apt to be a moral obliquity）」（III, 132）とホリングズワースに懸念を表明するが、その懸念は、究極的にホリングズワースの強力な磁力に引きつけられたゼノビアを自殺に追い詰め、ひいては、彼自身の身の破滅も招いたのだった。カヴァデイルに言わせれば、ホリングズワースの罪人更生計画の方法は、「まともな良心の精査に耐え得るものではない（such as cannot stand the scrutiny of an *unbiassed conscience*）」（III, 135）のであり、また、カヴァデイルは次の如く博愛主義者の陥穽について、真剣にホリングズワースに訴えている。

> いつ、どこでかは正確にはわからないけれど、どこかある地点で正義というものに対していい加減な態度を取りたくなったり、それから、自分は社会のためにこれほど重要な仕事をしているんだから個人の良心など捨てても問題にならないんだ、などとついつい、いい気になりがちなんだ。（III, 132）

社会のためにこれだけやるのだから、「個人の良心（private conscience）」などは顧みずともよい、とカヴァデイルの目に映っているホリングズワースは、明白に自己の理想——罪人たちの「罪の大きな真黒い醜悪さ（A great, black ugliness of sin）」を「美徳に変えること（transmuting it into virtue）」（III, 134）——に、あるいはその観念に呪縛されているのである。では、カヴァデイル自身が考える「個人の良心」とは、どのようにあるべきであったのだろうか。次の一節を見てみよう。

同じ「飲む」ということでは悪い見本が周囲にいるというのに、この水を「飲む」者たちが決して悪い見本どもに汚されることがなかった筈はないのだ。また、気まぐれな酒飲みの誰ひとりとして、この小さな泉の中にアルコールを注いでみようと思いもしなかったことに驚かざるを得ないのだ。なんとも楽しい考えではないか——生存の本質的要素といっしょに、陽気な楽しみをも飲み込むことができるのならば、誰だって魚になれるだろう。（III, 178）

ここに言われる「生存の本質的要素（the essential element of his existence）」こそが、カヴァデイルの考えるところの人間の良心なのである。相互に犯し合わない人間と魚の共存の姿を描出したこの文章の絵のような美しさ（picturesqueness）は、我々読者の心に楽しげに浸透してくると同時に、人間が生きてゆく上での「最も深遠なる知恵」を伝えているように思われる。しかし、お互いがお互いの領分を侵害しないという人間の知恵は、最も基本的なテーゼであるけれど、最も難しいものであろう。人間の基本的な在り方として、他者を侵害しない、つまり、自己の良心に忠実に生きるということは、語るよりははるかに困難を伴うことである。なぜならば、人間の生きるための活動は、何かを「所有」してゆくという基礎の上に立っていると考えられるからである。そして、その何かとは、お金であったり、物であったり、人間であったりするのである。人間が何かを「所有」しようと思う時、彼はある意味で、他者を侵害し始めるのである。では、「生存の本質的要素」として、人間の良心を提起するカヴァデイル自身は、この作品の中でどんな「所有」を行っているのであろうか。

五

ホリングズワースの行う「所有」が、ゼノビアとプリシラを彼だけの目的のため利用するというように、作品中に明確に出ているのに対して、カヴァデイルの行う「所有」は、もっと微妙であると言えよう。その微妙さは、カヴァデイルの性向を言い当てて余りある「のぞき込む（pry into）」という語句に収斂してゆくと思われる。次の文章は、カヴァデイルが自分自身を対象化して、個々の人間を「顕微鏡（microscope）」の下に置いた時に往々にして起こる人物判断の歪みについて吐露[3]した後に語られている。

私は、しばしば、良心の囁きを通して思うことがある。ホリングズワースの性格の中をあんなふうにのぞき込むことで、私は彼に対して大きな罪を犯したのだ。そして、のぞき込むことによって発見したと思った色々なことがらを今この瞬間も信じているのだとすれば、恐らくあのとき以上の大罪を犯していることになるのだ、と。だが私にはああするより他はなかったのである。もし私が彼をさほど愛していなかったなら、私は彼をもっと良く扱っていたかもしれない。（III, 69）

カヴァデイルの「良心（conscience）」に背くものとして「のぞき込むこと」（prying into）」があるのであり、彼のその詮索好きは、どうも抑えきれないもののようである。そして、自己弁護のような引用の最後の文章――「もし私が彼をさほど愛していなかったなら、私は彼をもっと良く扱っていたかもしれない（Had I loved him less, I might have used him better）」――から、我々はカヴァデイルのどのような性格を抽出し得るだろうか。人間を本質的に愛しているのだろうか。それとも、ただいやらしい好奇心から他人事をのぞき見したがるのだろうか。確かに、カヴァデイルの基本的な態度は、間接的に他者の中に入っていき、なにかを垣間見ようとすることにあり、それは根本的に「ナンセンス」に真実を見出そうとする態度に通底していると思われる。しかし、その間接的な他者への侵入の仕方は、当然土足で入り込むこととは全く無縁であり、想像力で構築していくという感じがある。そして、カヴァデイル自身が、客観という名の主観の中で次のように自己を分析しているのである。

人の情熱や衝動をのぞき見ては想像を逞しくする冷たい、本能とも知性ともつかぬ性向が強かったあまり、私は心を非人間的にしてしまっていたのであろう。

とはいえ、人間は自分の心が冷たいか温いか、いつも自分で決められるわけではない。今思うに、あのときホリングズワースとゼノビア、それにプリシラの三人のことで私が仮りに過ちを侵していたとしても、それは、同情心が足りなかったためというより、むしろ多すぎたためだったのだ。（III, 154）

このカヴァデイルの自己表白は、ホリングズワースとの「悲惨な口論（tragic passage-at-arms）」(III, 137）の数日後、ブライズデイルを後にして町のホテルに一泊した翌日に語られている。のぞき見るというその「冷たい、本能とも知性ともつかぬ性向（cold tendency, between instinct and intellect）」が、カヴァデイルの心を非人間的にしていたようだと言っている。しかし、その後すぐに自己を擁護するかのように、「多すぎる同情心（too much sympathy）」をもってホリングズワースや、ゼノビアや、プリシラに接してきたのだとカヴァデイルは考えているのである。他人に対する好奇心は、それ自体悪いことではないだろうが、それが「下品な好奇心(vulgar curiosity)」(III, 160）となるかならないかの判断は、やはりその当人の「生存の本質的要素」としての良心にかかってくると思われる。カヴァデイルの良心のバランスのぶれは、他者に主体的にかかわっていかない分だけ、ホリングズワースのそれと比べたら、はるかに小さいのである。ホリングズワースの生存の依拠たる「所有」は、自殺していったゼノビアが言ったように「冷たく、心のない、ボタン一つで勝手に動き出し、勝手に止まる機械（A cold, heartless, self-beginning and self-ending piece of mechanism!）」(III, 218）が生産していくようなものの「現実的所有」なのである。それに対して、カヴァデイルの自己の生の拠り所とする「所有」は、想像力の中で遊ぶといったような本質的に害の少ない「心理的所有」である。そして、この「心理的所有」を推し進めてゆくのが、"pry into"という所為なのであり、その語を敷衍して言えば、「見る」という一語に尽きるであろう。「見る」ということは、心理的に考えたならば、ある対象を一時的にでも「所有」するということになろう。[4]カヴァデイルのこの「見る」態度、あるいは、「観察する」態度は、彼が曲りなりにも詩人というアルチストであるのだから、当然と言えば当然であったろう。対象となるあらゆるものを「見る」ことによって、そこから何かを読み取り、そして書きつけていくというアルチストの根底的衝動が、カヴァデイルにもあったことは閑却できない事実である。そして、その「見る」ことをやめられないカヴァデイルの眼は、絶えず「ナンセンス」からずれないのである。また、ある意味で非常にロマンティックなカヴァデイルの批評眼は、博愛主義という観念に呪縛されたホリングズワースに対峙して在るのであり、そのような暴力的になりがちな様々な観念を突き崩していくものとして有効なはずである。少なくとも作家ホーソーンは、一つの観念にだけとらわれたエゴイストとしてホリングズワースなる男を設定し、その対極にカヴァデイルなる「見る」という観念にやはり呪縛された人間を設定しているのである。そして、その対象を執拗に観察し続けるカヴァデイルの眼は、常に運動していて「ナンセンス」に向かって拡散してゆくのである。ホリングズワースの眼が結んだ像は、罪人更生というただ一つの像であったが、カヴァデイルの像は、結ばれた同時に溶解していくといった一点に安住しない像なのである。その両者の像なるものを「真実」と考えたならば、前者が一つの「真実」しか見出せないのに対して、後者カヴァデイルは「真実」の非絶対性、換言すれば、その幻想性を感知しているのである。例えば、フランク・デイヴィッドスン（Frank Davidson）は、この作品のテーマを考えて次のように言っている。

しかし、そのテーマはおそらく、ホーソーンがブルック・ファームの住人であった時に書かれた、一八四一年五月一日の『アメリカン・ノートブックス』の記載事項から取られた。日々毎日を送りながら、私はますます事実というものを正確に述べることがほとんど難しいと感じるのだ。……真実は我々が永遠に追い求め、決してつかむことのない幻想なのか。

ブライズデイルは、人生についての確信というものが、本来隠されているものに関する推測にもとづいているにせよ、絶対的な真実だとする人間の誤った憶測から生ずる曖昧性に伴う悲劇を記録している(382)。

「真実は我々が永遠に追い求め、決してつかむことのない幻想なのか」というホーソーンの心情の発露の中に、我々は、カヴァデイルの造型の雛形を見得るであろう。語り手カヴァデイルの「人生についての確信(convictions about life)」は、ヴェールの内面についての推測が絶対性をもつという「人間の誤った憶測(man's false assumption)」とは、千里の径庭があるであろう。ただし、ある意味で、カヴァデイルの何も信じられない心の動きは、悲劇を自分の人生に呼び込みはしないが、喜劇(例えば、プリシラとの愛の成就のような)も呼べなかったのである。

六

では、間接的に受け身にしか人生のドラマを経験できない観察者カヴァデイルの生の不毛性を語るかに見える次の一節から、我々読者は何を感じ取るべきなのであろうか。

かつてホリングズワースが私に言ったように、私には目的というものが欠けている。何とも不思議なことではないか——それが欠けているために私の生活が全く空虚なものになっているということは否定できないにしても、ホリングズワースの場合はそれが過剰にあるがために、精神的に破滅してしまったなんて！（III, 246）

果たしてこれまで見てきたように、カヴァデイルの生を「全く空虚なもの（all an emptiness）」にしてしまった根源的な理由は、彼の首尾一貫した「ナンセンス」への執着に求められるであろう。しかし、反面、カヴァデイルのその「ナンセンス」を忘れない態度は、固定化しがちな観念を突き崩していく平衡感覚に裏打ちされた批評の眼を彼自身に約束しているのである。ただ、彼は「観念」に溺れずにすんだが、自己の観察眼の唯一の武器である「ナンセンス」の中にひたり過ぎたため、図らずも「生き埋め」の人生を選んでしまったのだ。そして、その「ナンセンス」志向の極致にカヴァデイル自身も「馬鹿げたこと（absurd thing）」（III, 247）と繰返すところのプリシラへの愛の告白が、本当に「馬鹿げたこと」として存立しているのである。

カヴァデイルには元来、「人間の不完全さ」の認識が強くあるのであり、かえってそれ故に、「見る」ことにだけ立ち尽くしてしまうのである。ジャスタスは、カヴァデイルについて、「人間の不完全さという汚点に怯懦である男が、どうしようもなく、不毛な自己満足な人生に彼自身を運命づける」(24)というように述べている。このように、カヴァデイルの生き方を否定するのはたやすい。しかし、少なくとも、彼は「より良き人生(better life)」(III,10)を求めてブライズデイルというユートピア的共同体に参画したのである。「序文」で作者ホーソーンが紹介するカヴァデイルの原像を我々は素直に受け入れる心をもちたいものだ。

人生を激しく野心的に生きはじめながら、結局、それも青春の情熱とともに失せてしまう二流詩人(III, 2–3)

始めから何もしないで開き直っているわけではないカヴァデイルは、人生における「ナンセンス」の意味を積極的に見出そうとしているのだ。「ナンセンス」という語は、"no" + "sense" ということであろう。これは、絶対的な意味を拒否することとも解せよう。意味は個々人で異なるもので、決して絶対的なものではない。カヴァデイルの本意はここにあったのだろう。彼の静かに唱える「ナンセンス」は、意味付けをして安心し、その意味の上にあぐらをかいてしまう人間の驕慢さに警鐘を鳴らすのである。ただ、ここで充分に注意せねばならないことは、「ナンセンス」だけで終わってしまってはならないということである。ホーソーンは、それを、カヴァデイルの人生の「空虚（emptiness）」の中に相対化して見せていると言えよう。「ナンセンス」とは、喩えるならば白い画布であり、その画布に絵を描くのは自分である。そして、その描かれた絵の土台には、その白い画布があったのである。ホリングズワースは、博愛という絵を描く努力を懸命にしたのだが、その土台の画布を忘れてしまったがために破滅した。それに反して、カヴァデイルは、元にある画布の方にばかり気を取られて、不毛の生を生きてしまったのである。ここに、「ナンセンス」の功罪の罪の方にからめ取られたカヴァデイルの人生の「全く空虚なもの（all an emptiness）」があるのだ。

注

（1）『ブライズデイル・ロマンス』の邦訳は、西前孝訳『ブライズデイル・ロマンス―幸福の谷の物語』（八潮出版）に拠ったが、適宜、筆者による変更を加えている。

（2）ジャスタスは、"Hawthorne's Coverdale: Character and Art in *The Blithedale Romance*"（*American Literature* 47, 1975）の中で、"Coverdale looks forward to Jame's emotional cripples（Marcher of "The Beast in the Jungle," Winterbourne of *Daisy Miller*, or Acton of *The Europeans*）and beyond them—to the desperate expatriates of Fitzgerald's and Hemingway's fiction and to the hollow men of Eliot's earlier poems"と述べている（35）。

（3）デイヴィドスンは、"Toward a Re-evaluation of *The Blithedale Romance*"（*New England Quarterly*, XXV, 1952）

の中で、カヴァデイルは、自分の気質が対象物をこま切れにした結果、現物を歪めてしまうということにしばしば気づいている、と指摘している（380）。

（4）例えば、“She was dressed as simply as possible, in an American print,（I think the dry-goods people call it so,）but with a silken kerchief, between which and her gown there was one glimpse of a white shoulder.”（III, 15）という一節中の“one glimpse of a white shoulder”などには、カヴァデイルの性的な意味合いを含んだ「心理的所有(psychological possession)」が垣間見られる。

第五章「ブライズデイル」の磁場（二）

——ゼノビアの「情熱的な愛《パッショネット・ラヴ》」について

ゼノビアの前夫らしきウェスタヴェルト（Westervelt）教授は、彼女の葬儀に際し、語り手カヴァデイルとの会話で次のような言葉を吐露している。

「彼女は愛に満たされなかった——君はそう言ったね。一体そもそも彼女が愛に満たされたことなんてあったかね？　それでも彼女はそこを乗り越えて、再び人を愛してきたんだ——それも恐らく一度や二度のことではない。そうやってきて今、あそこにいる博愛主義者の夢想家のために彼女は己の身を投げたのだ」（III, 240）

当時流行の催眠術（mesmerism）という擬似科学（pseudoscience）の学者であるウェスタヴェ

ルト教授は、その「彼の顔の素晴らしい美しさ（his wonderful beauty of face）」（III, 95）の裏に計り知れない堕落を隠し込んだメフィストフェレスではあったが、[1]ゼノビアの「情熱的な愛（passionate love）」（III, 102）に対する彼の眼力は正確であったように思われる。つまり、ゼノビアの「情熱的な愛」を受け止められるだけの器を持った男性はいないし、それをゼノビア自らが知り抜いていたからこそ、より包容力のある男性を虚しく求め続けねばならなかった、ということである。まさに己の性を持て余したゼノビアは、自死によって女性性の権化となり、さらには女性という性の弱さと強さを証明してもいるのだ。[2]悲劇の女王とも呼べるゼノビアの自死の意味を彼女の「情熱的な愛」の分析によって明らかにしてゆきたい。

一

ゼノビアの「情熱的な愛」は、カヴァデイルの観察眼によって次のように説明されている。

この女性は全身が情熱的な激しさに息づいていて、これこそ彼女の美の絶頂を示すものだと思われた。どんな情熱でも彼女に相応しくないものはなかったけれど、とりわけ情熱的

な愛こそ恐らく最も相応しかったであろう。（III, 102　以下、傍点筆者）

ゼノビアの美しさの極致は、彼女の「情熱的な激しさ（a passionate intensity）」と不可分であり、どんな「情熱（passion）」であれ十分彼女にはふさわしかったであろうが、とりわけ「愛」に向かうそれが彼女に最も似合うものであったろう、と言うのである。パッションという言葉で表現される人間の感情の根底には、常に「苦しみ」と「愛」というものがあることに思い至るならば、ゼノビアの「情熱的な愛」こそは、彼女を根源的な意味で人間を人間たらしめるはずの「愛」の体現者にする可能性を持っていたと思われる。そして、ゼノビアのホリングズワースを愛する心の苦しみと喜びが、究極の形で表出する場面が第十四章「エリオットの説教壇（"ELIOT'S PULPIT"）」にある。

そのあとにゼノビアとホリングズワースが続いた。寄り添ってはいたが、腕は組んでいなかった。樺の木の大きな枝が垂れ下がっているところをふたりが通過したとき、私にははっきり見えた――ゼノビアが両手でホリングズワースの手を取り、それを自分の胸に当てたのだ。それからもとに戻した。（III, 124）

ウェスタヴェルトとのブライズデイルでの面会後、ゼノビアの気性はだいぶ起伏の激しいものになっていた。つまり、男性中心の父権的社会体制に対する呪詛が、ゼノビアには甦ってきたのである。彼女は、「もう一年生きられれば、私は女性のもっと大きな自由のために、抗議の声を上げるつもりなの（If I live another year, I will lift up my own voice, in behalf of woman's wider liberty）」（III, 120）と、ホリングズワースがエリオットの説教壇から降りてきた後、誰に向かってというのではなく、ホリングズワース、プリシラ、カヴァデイルの前で宣言するのだ。「もう一年生きられれば」という条件の言葉には、ゼノビアの最後の愛の砦であるホリングズワースへの生死を賭した盲目的なまでの「情熱的な愛」が滲み出ているように思われる。かつてウェスタヴェルトにどのような仕打ちを受けたのか、カヴァデイルによっては語られない謎ではあるが、マーガレット・フラー（Margaret Fuller）らに代表される十九世紀中葉のフェミニズムの勃興が語るように、当時の女性たちの権利や自由が不当に貶められていた状況[3]を一身に体現させられているのが、ゼノビアなのである。

では、なぜゼノビアは、「男は女がいなければ、とても不幸な人となる。しかし、女は彼女の認められた主人としての男がいなければ化け物になってしまうのだ――ありがたいことには、ほとんどあり得ない今のところ想像上の化け物ではあるが（Man is a wretch without woman; but woman is a monster—and, thank Heaven, an almost impossible and hitherto imaginary monster—without man, as her acknowledged principal!)」(III, 122–3) とまで断言するのを憚らないホリングズワースの「男のエゴティズム (masculine egotism)」(III, 123, 241) に対して、「怒り (anger)」のではなく、全くの「悲しみ (grief)」(123) の涙しか流せなかったのだろうか。ホリングズワースの女性蔑視の「化け物 (monster)」発言に向かって、ゼノビアが言い得たことは次のことだけであった。

「ええ、そうなのかもしれないわ」彼女は言った。
「少なくとも私には、あなたのおっしゃることが正しいと思える充分な理由がありますもの。男性がただもう男らしく神々しくあるというのなら、女性の方はいとも簡単に、おっしゃるような存在になってしまうものですわ」それだけだった。(III, 124)

ウェスタヴェルトとの過去を引き摺っているゼノビアにとって、この段階のホリングズワースは、「ただもう男らしく神々しく (but manly and godlike)」あったのだ。男らしさや神々しさの定義をオデュッセウスなどの神話的人物に求めているようなゼノビアは、そのような男性性をホリングズワースに認めているのであり、プリシラ以上に「優しき寄生者、つまりより力強き男性を映す柔らかき影（the gentle parasite, the soft reflection of more powerful existence）」（III, 123）になることを望んでもいたのである。それでは、そのホリングズワースの力強き男性性の正体とは何であろうか。カヴァデイルは、実際に農作業を始めてみて、かつて抱いていた「精神化された労働（the spiritualization of labor）」が、「甘美な幻想（delectable visions）」（III, 65）であったことを痛感するが、そのことでゼノビアはカヴァデイルをからかい、作った詩を所望するのであった。そのゼノビアの辛辣な言葉に応じ、ホリングズワースは、「カヴァデイルは、今や詩を作るのを諦めてしまったんだよ（Coverdale has given up making verses, now）」（III, 67）と答えるが、それを受けたゼノビアは、その矛先をホリングズワースに向けるのだった。そして、彼の返答は次のようなものであった。

「ずっとこれまでまじめにやってきていますよ」ホリングズワースは答えた。「僕は自分の心の中で鉄を熱し、その鉄の中から思想を叩き出してきたんです。外面上の苦役がどうであろうと大した問題ではない。鉱道の奥の奴隷であったとしても、今持っているこの目的、これが結局は達成される筈だという信念、これを捨てはしないだろう。カヴァデイル

は詩人としても労働者としてもまじめじゃないんだ」(III, 68)

「美の芸術家」("The Artist of the Beautiful," 1844)に登場する鍛冶屋ロバート・ダンフォース(Robert Danforth)のイメージに重なるホリングズワースは、まさに前職が鍛冶屋であったのであり、彼の「叩き出した(hammered)」思想は、心の中で熱しては叩き熱しては叩いた「鉄(iron)」から打ち出されているというのだ。ホーソーンの諸作品が、一つの鮮烈なイメージから始まるということは度々指摘されることであるが、[4] ホリングズワースの造型にあたって、作者のイマジネーションが「鉄」のイメージの「冷たさ」から生まれていることは確かであろう。火で熱せられている時、「鉄」は熱いが、出来上がったものは、ただ冷たいのである。しかし、ゼノビアはホリングズワースが打ち出した博愛主義者としての目的、つまりはその信念の裏にある彼自身の「男のエゴティズム」には気付かず、ただただ「まじめに(in earnest)」人生に取り組んでいる彼の姿勢に心底共感し、さらには、彼の発するオーラのようなもの(the sphere of a strong and noble nature)(III, 68)まで指摘するに至っているのだ。では、「まじめに」生きるとは、どういうことなのだろうか。犯罪者を更生させるというホリングズワースの博愛的な目的は、確かに立派であり、「まじめに」取り組むべきものではあろう。しかし、罪の種子は人間の数だけあることを思えば、彼の目的達成の限りなき困難さに我々は気付くのだ。だが、ホリングズワースは、その困難に断固として「まじめに」向かおうとするのだ。彼のこの直向きなまじめさこそが、ゼノビアとプリシラの心を鷲掴みにし、この二人を彼の「帰依者（proselytes）」（III, 68）にさせたのである。

特にゼノビアは、現行の社会体制に異議を唱える者としてブライズデイルに参加したのであるが、将来の確たる青写真はなかったように思われる。フランスのフーリエ（Charles Fourier, 1772–1837）の社会主義思想が、[5]ブリズベーン（Albert Brisbane, 1809–90）[6]によって米国に導入されるや、大流行したわけではあるが、当時の社会改革熱に促されて、ゼノビアは新たな「父権性」を見出そうとしていたように思われる。つまり、語り手であり、詩人であるカヴァディルのことをしばしばゼノビアは「笑った（laughed）」（III, 68）が、ホリングズワースのことを決して笑うことはなかった、という言葉があるが、これはホリングズワースの指摘する「労働の生活の効用（this good in a life of toil）」、つまり、人間から「ナンセンスや絵空事（the nonsense and fancywork）」を叩き出し、「本然の自己（what truly belongs to him）」（III, 68）を曝け出させるということに対して、ゼノビアが理解を示していることの証左となるように思われる。そして、この理解が意味するところは、想像力の根源にあるはずの「ナンセンスや絵空事」という「女性的なもの」を体現しているカヴァデイルにゼノビアは重きを置いていないということなのである。ゼノビアは、今置かれている社会の父権性に対抗する新しい父権をホリングズワースに見出しているのであり、ホリングズワースに"hammer"されることによって彼女は、「新たな自己」を発見したいのだ。ブライズデイルの共同体においては、仕事に関して男性・女性の役割は伝統的なものであったが、ゼノビア、プリシラ、ホリングズワースそしてカヴァデイルら四人の精神面に関しての役割は、父親役のホリングズワースに対して母親役のカヴァデイル、そして娘役のゼノビアとプリシラという構図になるように思われる。常に監視役でしかいられない母親役のカヴァデイルを煙たい存在としか見ることのできないゼノビアとプリシラは、力強き父権の権化であるホリングズワースの傘の下に寄りかかりたいのだ。このような構図は、「美の芸術家」における鍛冶屋ダンフォースと芸術家オーエン・ウォーランド（Owen Warland）の対峙の中にも見出せるが、「現実」対「想像」の鬩ぎ合いにおいて、根源的には母性的である後者は、男性的な「現実」の力に粉砕されるのだ。

では、なぜゼノビアは、カヴァデイルの「想像」ではなく、ホリングズワースの「現実」を選び取るのであろうか。人間から「ナンセンスや絵空事」を叩き出し、「本然の自己」をのみ大事とするホリングズワースに対して、なぜゼノビアは、「情熱的な愛」を差し向けるのであろうか。一体、「本然の自己」とは何であろうか。もし、そのホリングズワースの言う「本然の自己」というものがあるとするならば、ゼノビアは彼のそれを愛しているのだ。ホリングズワースの「本然の自己」が、賛同者もいない孤立無援の中、犯罪人更生施設の建設という博愛主義を貫こうとする強力な意思に対して、ゼノビアの「情熱」は燃え上がるのである。そして、その「情熱」は母性愛から発生しているように思われる。なぜならば、ゼノビアは、ひたすら「まじめに」自らの博愛の目的に取り組むホリングズワースが、世間の冷やかな眼に晒されていることにいとおしさを感じているからである。

「ホリングズワースとは個人的なお付き合いでもおありですか」と私は聞いた。

「いえ、ただ聞いたことがある──女として、彼の講演を何度か」彼女は言った。「とっても素敵な声──とっても素敵な方ですわ。知的な人というより、心の大きな人といった方がいいかしら。私はもともと、自分の心を打つ本物の力強い心の一撃にしか感動しないのですけれど。あの人には意外なくらい強く感動しましたの。彼が、あんな犯罪人の更生などという汚く醜い、しかも殆んど成功の見込みのない目的のために、自分の輝かしい能力を犠牲にしていたなんて、情けないわ。そのために彼は自分ばかりか、彼の話を聞きに来るやりきれないほど僅かばかりの人たちまで惨めな気持にさせているのよ。本当言いますと、以前には博愛主義者なんて私には本当に我慢できなかったんですよ。あなたは？」

「全くその通りですよ」私は答えた。「それに今でもそうですよ」（III, 21–2）

ホリングズワースと直接の面識を持つゼノビアは、彼の何度かの講演において、彼の魅力的な声とその素晴らしい人柄に圧倒され感動している。これは一目惚れと言ってもいいものであり、ゼノビアがカヴァデイルに計らずも洩らした「博愛主義者」についての見解の変化を伝えているのである。ゼノビアは、「博愛主義者」のことを「以前には（before）」全く我慢できなかった、と吐露し、カヴァデイルはそれに応じて「今でも（now）」我慢できないと答えるのだ。ゼノビアは、今やホリングズワース一人の存在によって、「博愛主義者」を許容できるようになっているのである。そして、「自分の心を打つ本物の力強い心の一撃（the stroke of a true, strong heart against my own）」によって感動しているゼノビアは、ホリングズワースが「知的な人（an intellectual man）」というより、「心の大きな人（a great heart）」であると感じているのだ。ゼノビアは、この「心の大きな人」ならば自分の「情熱」を受け入れてもらえるのではないかと母性的な本能から期待しているのだ。その母性愛的な期待感こそが、ホリングズワースに対するゼノビアの「情熱的な愛」の源泉になっているのである。しかし、そのゼノビアの期待感は、ブライズデイルで初めて出会った時のホリングズワースの厳しい非難の眼差しに打ち砕かれるのだ。ホリングズワースの連れてきた正体不明の招かざる客であるプリシラに対して、冷やかな応対しかできないゼノビアにホリングズワースは、はっきりと「厳しく非難をこめた(stern and reproachful)」顔を見せたのだ。その彼の眼差しには、「この不吉な意味(that inauspicious meaning)」(III, 28–9)が籠っていて、その眼でホリングズワースは、ゼノビアの眼と初めて相対し、さらには、「彼女の人生に彼の影響力を行使し始めた([Hollingsworth] began his influence upon her life)」(III, 29)のだった。ホリングズワースのこの眼差しによって釘付けにされたゼノビアの「情熱」は、出端から打ち砕かれることによってさらにそれ自体を修復しようとするのである。そして、彼女の「情熱」は、プリシラに対する嫉妬によって、「情熱的な愛」に発展せざるを得ないのだ。つまり、ゼノビアのホリングズワースに対する敬慕は、いつしか「愛」に変わり、ホリングズワースをめぐるプリシラとの三角関係は、その「愛」を「情熱的な愛」に深めてゆくのである。作家ホーソーンが描いた性的な人間関係の葛藤の極致は、ヘスター・プリンをめぐるディムズデイルとチリングワースの三角関係のうちに見出せるが、『ブライズデイル・ロマンス』においては、『緋文字』と反対に一人の男性をめぐる二人の女性という三角関係が取り扱われている。

二

ここで、ホーソーンが『ブライズデイル・ロマンス』のゼノビアに、ゼノビアという仮名を付けた理由を考えてみよう。歴史上のゼノビア（Zenobia, ?–272 以降）は、三世紀後半、ササン朝ペルシアとの緩衝地帯としてローマ帝国の庇護を受けていた隊商都市パルミラを滅亡に導いた悲劇の女王として登場する。シリア砂漠のオアシスに誕生したパルミラは、紀元前一世紀末、シルクロード交易の中継地として繁栄していった。三世紀中頃、ローマ帝国の政情不安に乗じて、ゼノビアの夫であるオデナサス（Odenathus）はパルミラの王を名乗り、二六二年から二六七年にかけてのペルシアとの戦いで成功をおさめたが、その際ゼノビアの知恵と勇気が大きく貢献したとされている。そして、おそらく妻ゼノビアが招いたとされるオデナサスの死によって、彼女は二六七年に自らを女王となし、名目上は幼児の息子の摂政となった。当初はローマ帝国の版図の守備の一翼を担っていたが、次第に帝国の東方の領地を征服しようとする野心を持つに至り、「近東」の制圧に乗り出した。破竹の勢いでシリア、エジプト、そして小アジアのほぼ全域を手に入れ、帝国の権益保護を公言しつつ、各地の戦略拠点に要塞を建てていったのである。この軍事的大成功がゼノビアの、そしてパルミラの滅亡の始まりであった。二七〇年にアウレリアヌス（Aurelian, c.215–275）が、ローマ皇帝に選ばれるや、すぐにゼノビアは息子が皇帝であると宣言した。この彼女の野心に脅威を感じたアウレリアヌスは、次々に再攻勢をかけ、失地を回復してゆき、ついにパルミラのゼノビアを包囲するに至り、女王の勇敢なる防戦虚しく、その都市は陥落し、街は徹底的に破壊されたのである。(7) そして、「類い稀な美貌と英知を謳われたゼノビア女王」の悲劇の運命と共に壊滅したパルミラは、今日なお、「世界で最も美しい廃墟」と言われている。(8)

このように、女王ゼノビアの史実から抽出し得る彼女の性格は、「野心（ambition）」という「情熱」に彩られているが、作家ホーソーンが、ブライズデイルのゼノビアに託した「情熱」にもパルミラのゼノビアの政治的な「野心」と通底するものがあるように思われる。ローマ帝国という巨大な父権的政治体制に果敢に対峙する女王ゼノビアが、ローマとペルシアの間に立ち上がったフェミニズムのチャンピオンであったように、ブライズデイルのゼノビアは、当時不当に貶められていた女性の地位向上を訴える代弁者であったのだ。ホリングズワースに出会う前までのゼノビアは、当時の父権的政治・社会体制の枠組みの中での自らの活動の無力さを感じていたのである。だからこそ、社会改革の新しい波にのり、ユートピア的共同体の構築によってフェミニズムの浸透を目指そうとしたのだ。しかし、ゼノビアのその政治的な「野心」は、ホリングズワースの博愛的な「野心」に二度負けるのである。まず、第一に彼女は、「心の大きな人」であるホリングズワースに新たな「父権」を見出し、そこに自らの「情熱的な愛」を注ぎ込むことで負け、さらにはホリングズワースの裏切りにより、自らを溺死させることで負けるのだ。では、なぜゼノビアはホリングズワースに負けてしまったのだろうか。

うまく言えないのだけれど、彼女の頬の天性備えた色つやと、ふくよかな腕の肉付きの温かさ、それに、見るも豊かなその胸——要するに、女らしさの化身——こういうものは、慎しみある人の見るべきものではないのだ。そんな気がして、私はときどき目を閉じないではいられないくらいだった。(III, 44)

ゼノビアの「女らしさの化身(womanliness incarnated)」によって、時に目を閉じざるを得なくなったカヴァデイルは、その魅力をどう表現していいかわからない。ゼノビアという女性の外面的な美しさに顕在化している「女らしさの化身」、これによってこそゼノビアはホリングズワースの前に倒れるのである。なぜならば、「女らしさの化身」とは、エデンの園のイヴの無垢のイメージであり、その無垢なるイヴは、博愛主義という観念の虜であるホリングズワースに汚されてしまうからなのである。

カヴァデイルは、自分の目に映るゼノビアの「女らしさ」の原型を楽園のイヴの姿に求めている。[9] まず、その鮮烈なイヴのイメージは、ゼノビアの「エデンの園での身なり（the garb of Eden）」（III, 17）についての発言から生起し、まさにその「イヴの最初の衣（Eve's earliest garment）」を纏ったゼノビアを見ているような錯覚をカヴァデイルは持つのである。そして、「彼女の自由で、ありのままで、寛大な表現方法（Her free, careless, generous modes of expression）」（III, 17）は、「純粋ではあったけれど（though pure）」、このような品のないイメージを生み出すことがしばしばあったのだ。当時、カヴァデイルは、ゼノビアのそのような「表現方法」が彼女の「高貴なる勇気（noble courage）」から生まれてくるものと考えたのである。そしてさらに、もう一つゼノビアの重要な特質がある。

彼女にはもうひとつ変ったところがあった。この国では今日、女らしさというものを感じさせる女性に会うことはめったにないし、そんなものは普段の交わりの中では色あせて何の値打ちもないのだが、ゼノビアは違っていた。彼女の存在には何か霊気が感じられた。それは丁度、神がイヴを創ってアダムのところに連れていき、「見よ、ここに女がいる！」と言ったあのときのイヴの霊気に似ていたと言ってよい。私は何も特別な優しさや優美さ、淑やかさや恥じらいがあったなどとは言わないが、ただ、彼女には、今日の女性が洗練さと引き換えにあら方失くしてしまったかに見える、ある温かくて豊かな特質があったのである。(III, 17)

「彼女の存在には何か霊気が感じられた。それは丁度、神がイヴを創ってアダムのところに連れていき、『見よ、ここに女がいる！』と言ったあのときのイヴの霊気に似ていたと言ってよい (One felt an influence breathing out of her, such as we might suppose to come from Eve, when she was just made, and her Creator brought her to Adam, saying—'Behold, here is a woman!')」という表現を読む時、カヴァデイルは敢えて主語に一般人称の"One"を用い、ゼノビアの〈イヴ性〉を普遍化していることに読者は気付くのだ。そして、神が、アダムに向かい「見よ、ここに女がいる！」と言った時、神が女性という人間の形に吹き込んだ魂は、「ある温かくて豊かな特質 (a certain warm and rich characteristic)」であったのであり、ゼノビアこそがその女性の原型であるとカヴァデイルは考えているのである。神がイヴという女性に付与した「ある温かくて豊かな特質」とは、カヴァデイルが言う通り、「特別な優しさや優美さ、淑やかさや恥じらい(especial gentleness, grace, modesty, and shyness")」とは異質なものであろう。なぜならば、後者の特質は「原罪」後のイヴの自意識の中に芽生えたものだからである。イヴの先天的かつ根源的な「ある温かくて豊かな特質」は、今日、「女性の体(the feminine system)」から洗練され取り除かれてしまったようだとカヴァデイルは考えているが、彼の意識の中にあって、ゼノビアはキリスト教の伝統における楽園の無垢なイヴのような「見事な女性の典型(an admirable figure of a woman)」(III, 15)なのである。そして、それゆえにこそ、イヴが蛇に姿を変えた狡猾なサタンに誘惑され騙されたように、ゼノビアも名前そのものにドイツ語の「西洋世界(Western world)」の意味を持つウェスタヴェルト教授というその世界の「知」を表象する悪魔メフィストフェレスに翻弄されてしまうのである。作品に暗示的に言及されるウェスタヴェルトとの結婚生活の失敗[10]によって、無垢なる美を表象するゼノビアは潜在的にブライズデイルという楽園的共同体にアダムを求めることになったのだ。「何か冷たくてねばねばしたもの(something cold and slimy)」(III, 172)という隠喩で語られるウェスタベルトが表象する西洋的「知」との結婚によって、自らの女性性の本源にある「ある温かくて豊かな特質」を蹂躙されたゼノビアは、その「知」を超えるように見えた博愛主義者ホリングズワースの一途で無垢に見える「心」に全てを賭けたのである。しかし、彼女の恋人ホリングズワースは、ゼノビアの引き継ぐべき遺産の異母妹プリシラへの移転という事実だけによって、ゼノビアへの思いを翻意するのだ。楽園のアダムを希求していたゼノビアの「情熱的な愛」は、「知」にも「心」にも虚しく裏切られるのである。この地上に楽園を取り戻そうとする人間のユートピア願望は、連綿と続くものではあるが、ブライズデイルにおいて根源的な意味で楽園回復の原動力になり得たものは、ゼノビアの「情熱的な愛」であったのだ。なぜならば、彼女の「情熱的な愛」は根源的に無垢なるものであり、かつ彼女の生命《いのち》そのものであるからである。作品内で頻繁にイヴのイメージを付与されているゼノビアは、まさに女性として女性性の本源にある「ある温かく豊かな特質」を体現しつつ、ベイムも言うように、彼女は「この作品の真の太陽、その唯一の活力の源（the book's true sun, its sole source of energy）」（Baym, "*The Blithedale Romance*: A Radical Reading" 568）ともなっているのだ。ヘブライ語でイヴは「生命《いのち》（life）」を、アダムは「人間（a man）」を表すが[11]、これはアダムという男性にイヴという女性が「生命《いのち》」をもたらすと捉えることが可能であろう。そして、その神話的な身振りの挫折は、ホリングズワースとの関係の決裂後にカヴァデイルに向かって発せられた「プリシラが彼のためになにができるというの？　彼の心が凍て付いた希望で凍えてしまうであろう時に、その心に情熱的な温もりを吹き込めるとでもいうの？（What can Priscilla do for him? Put *passionate warmth* into his heart, when it shall be chilled with frozen hopes?）」（III, 224　傍点、イタリック筆者）というゼノビアの言葉に表出されているのである。ゼノビアは、ホリングズワースの裏切りによって、この「情熱的な温もり」、つまり「生命《いのち》」という無垢なる「情熱的な愛」を受け止めることのできる人間は、「原罪」前のアダムしかいないことに気付くのである。だからこそその絶望感によって、ゼノビアは悲劇の女王として、自らを溺死させるのだ。

三

ヘスター・プリンとロジャー・チリングワースの夫婦関係とパラレルにも考えられるゼノビアとウェスタヴェルトの関係は、「ウェスタヴェルトに関して言えば、彼はまさに自分の棲む炉の火をものともせぬ火蜥蜴に似て、ゼノビアの情熱によって暖められることは全くなかった（As for Westervelt, he was not a whit more warmed by Zenobia's passion, than a salamander by the heat of its native furnace）」（III, 102）という説明に見られるように、愛の不在（不毛の愛）を明言している。さらに、「彼女の最奥の声は、応答を欠いている。彼女の叫びが深ければ深いだけ、彼の沈黙も一層深くなる（Her deepest voice lacks a response; the deeper her cry, the more dead his silence）」（III, 103）という文章に接する時、我々読者はゼノビアの不幸を痛感し、さらには彼女の「情熱」の奥深さを認識するのである。ゼノビアの「情熱」は、愛の伴侶を求めていたが、西洋世界の「知」を表象するウェスタヴェルトは彼女の「情熱」を満たすことはできなかった。そして、一途で無垢に見えたホリングズワースの「心」は、彼女の「情熱」を貪り食うことになり、結果的にカヴァデイルの指摘の通り、「神のような慈悲心は、全てを食い尽すエゴティズムに落ち込む（godlike benevolence has been debased into all-devouring egotism）」（III, 71）ことになったのだ。しかし、ゼノビアを死に追いやった罪は重かった。Hollingsworth という名前が想起させるドイツ語の "Holle" が、"hell" を意味するように、彼は生きながらの「地獄」に自ら陥ってしまったのである。ゼノビアの死を招いた「ただ一人の殺人者（a single murderer）」（III, 243）として、ホリングズワースはゼノビアの「執念深い影（vindictive shadow）」（III, 243）に付き纏われ続けていくのである。そして、ローレンスが、『緋文字』論の中でヘスター・プリンのネメシス（応報天罰の女神）性について言及する時、それはそのままゼノビアにも当てはまることのように思われる。[12] 復讐の女神としてゼノビアは自死を選択したが、彼女にはヘスターと違って「情熱的な愛」の対象が不在であったのだ。ヘスターの「情熱的な愛」が、ディムズデイルを対象とし、彼のそれが「神」を対象とした擦れ違いの現実にもかかわらず、牧師の死後、ヘスターはかつての「愛」の記憶の中で生き続けることができたのである。しかし、ブライズデイルは「神」なき超絶主義的共同体なのだ。ゼノビアは、その「神」なき現代のアルカディアで虚しくアダムを求めたのだ。そして、彼女の超絶的直観が捉えた真実の愛は、博愛主義者ホリングズワースによって反転させられ、真実の憎悪に変容するのである。こうして、ローレンスがヘスターについて、「アベル！ アベル！ アベル！ アドミラブル！（Abel! Abel! Abel! Admirable!）(94) と繰り返すように、復讐を求めるアベルの血は、ヘスターに受け継がれ、さらにはゼノビアにまで流れ込むのだ。無垢なる「情熱的な愛」の対象をすら持てなかったゼノビアが、自死を選んだのは当然であったかもしれない。なぜならば、アメリカのイヴとも言える「ある温かくて豊かな特質」[13]を持ったゼノビアは、その無垢さ故に、歴史上のパルミラの女王ゼノビアのような強かさを持つことはできなかったからである。

注

（1）ウィップルの“Westervelt, an elegant piece of earthliness, ‘not so much born as damned into the world,’ plays a Mephistopelian part in this mental drama; and is so skillfully represented that the reader joins at the end, with the author, in praying that Heaven may annihilate him.”（“Review of New Books,” *Graham's Magazine*, 41 [September 1852], 333–334 in *Nathaniel Hawthorne: The Contemporary Reviews*/ed. John L. Idol, Jr. and Buford Jones, 203）という指摘は、作者ホーソーンのウェスタベルト造型の本質を衝いている。

（2）ジェイムズのゼノビア絶賛の理由は、彼女の性格が、“the nearest approach that Hawthorne has made to the complete creation of a *person*”（James, *Hawthorne* 106）として作家の心を打ったからであった。さらに言葉を継いでジェームズは、“she is a woman in all the force of the term, and there is something very vivid and powerful in her large expression of womanly gifts and weakness”（107）と指摘する。

（3）ベイムは、ずばり“The condition of woman in the nineteenth century, in a word, is slavery”（Baym, “*The Blithedale Romance*: A Radical Reading” 562–563）と言い切っている。

（4）アップダイク（John Updike）は、“Hawthorne's sense of art required always the fanciful, half-real touch—Zenobia's far-fetched flower, Hester's “A” written in the sky, Donatello's elusive faun's ears in *The Marble Faun*. He had to begin with images; in that, though not（unlike Emerson, Thoreau, and Melville）a versifier, he was, like Coverdale, a poet”（Updike, Introduction to *The Blithedale Romance* xviii）と述べ、ホーソーン作品のイメージの喚起力の代表例は、ルーイスの“The opening scene of *The Scarlet Letter* is the paradigm dramatic image in American literature”（Lewis, *The American Adam* 111）という言葉に端的にあらわれている。つまり、ホーソーンにとって『緋文字』の第一の「処刑台」のシーンが、いかに重要なイメージであったかということである。

（5）アメリカにおけるフーリエ主義の実証的研究として、ガーネリ（Carl J. Guarneri）の『共同体主義――フーリエ主義とアメリカ』宇賀博訳（東京：恒星社厚生閣、1989）があげられる。この本は、フーリエの共同体思想を熱狂して受容した十九世紀中葉のアメリカ人の時代精神を解明している。著者自身の要約によれば、「フーリエ主義は、アメリカ人の生活にまったく異質な存在でも、またこの国固有の改革にまったく特有な表現でもなかった。それは一つのリベラルなユートピアとして、とはいえ、アメリカ人の信念や激励で満ちた、その選択肢の一つとしての社会主義的生活様式を示していた。フーリエ主義は、十九世紀のアメリカの人たちに、爆発的な成長や初期の産業主義が従来の公式に挑戦した際、共同体志向（community minded）版のアメリカン・ドリーム――しかも確実で、かつ「科学的」（scientific）な――としてアピールした」ということになる。

（6）右記の本において、ガーネリが第一章を「アルバート・ブリズベーン」と題しているように、アメリカ人としての彼の本国へのフーリエ思想の導入の意義は大きい。彼の著書 *Social Destiny of Man*（1840）は、アメリカ人の読者のために書かれたフーリエ思想についての最初の最も重要な本で、アメリカにおけるフーリエ主義運動のための基礎を作った。

（7）*The Encyclopedia Americana*, International Edition Vol. 29（Danbury: Grolier Incorporated, 1998), 766.

（8）「空から見た『世界遺産』XVIII―パルミラの遺跡」（東京：日本航空文化事業センター、WINDS September 2001), 52.

（9）ルーイスの "Zenobia, who is often associated in the narrator's fancy with the figure of Eve, is too much of an Eve to survive her private calamity"（*The American Adam* 114）という指摘は、ゼノビアの無垢な〈イヴ性〉を強調している。

（10）作品中においては、"The fault may be none of his; he cannot give her what never lived within his soul. But the wretchedness, on her side, and the moral deterioration attendant on a false and shallow life, without strength enough to keep itself sweet, are among the most pitiable wrongs that mortals suffer"（III, 103）とカヴァデイルによって語られている。

（11）Trent C. Butler（general ed.）, *Holman Bible Dictionary*（Nashville: Holman Bible Publishers, 1991）, 18.

（12）ローレンスが、"As a matter of fact, unless a woman is held, by man, safe within the bounds of belief, she becomes inevitably a destructive force. She can't help herself. A woman is almost always vulnerable to pity. ...Unless a man believes in himself and his gods, *genuinely*: unless he fiercely obeys his own Holy Ghost; his woman will destroy him. Woman is the nemesis of doubting man. She can't help it"（Lawrence, *Studies in Classic American Literature* 98–99 イタリックは原文）と言う時、その口振りは、ホリングズワースの女性蔑視の"monster"発言を彷彿させ、さらには、彼の結果的な精神的崩壊までも解明してくれている。女性が「破壊的な力（a destructive force）」を持った"monster"になるか、ならないかは、ひとえに男性にかかっていると言うのだ。つまり、ローレンスの言葉を借りるならば、ホリングズワースは自らの「聖霊（Holy Ghost）」、即ちゼノビアの言葉で言えば、「心の奥の意識（inmost consciousness）」（III, 218）に厳しく従うほどの強い信念を博愛主義の目的に置いていたのではなかったのだ。"*genuinely*"に自らを信じられなかったホリングズワースは、"doubting man"として復讐の女神ゼノビアの呪詛の言葉（"Tell him he has murdered me! Tell him that I'll haunt him!" [III, 226, 243]）通りに、彼女の餌食となったのである。

（13）伝承によれば、捕縛後ゼノビア女王は、ローマ軍の兵士らがやかましく彼女の死を要求した折、自分の身を守るために大臣たちを犠牲に出したとされ、二七四年にローマに連れて来られた彼女は、ローマ皇帝アウレリアヌスの慈悲により、余生を隠居として送ることを許された。また、皇帝は彼女の息男を許し、息女らを有名な一族に嫁がせたとも言われている。（*The Encyclopedia Americana* Vol. 29, 766）

第六章 「イタリア」の磁場

――『大理石の牧神』の見出されたエデンをめぐって

一

イタリア人貴族、ドナテロ（Donatello）の〈無垢〉のバックグラウンドは、彼の故郷であるモンテ・ベニ（Monte Beni）にある。その風光明媚な自然風景は、ケニヨン（Kenyon）の意識の中にエデンの園を想起させる。そして、第三十章「ドナテロの胸像」において、「アダムはもっと明るい陽の光のもとでエデンを見たが、アダムの追放によってエデンが勝ち取った憂いに沈んだ美の影は知らなかったのだ（Adam saw it in a brighter sunshine, but never knew the shade of pensive beauty which Eden won from his expulsion）」（IV［*The Marble Faun: Or, the Romance of*

Monte Beni], 276)[1] と語られる時、原罪及び罪に対するケニヨンと語り手の考えが表明されるのだ。即ち、後悔の念に苛まれ後ろを振り返ったアダムは、エデンを「もっと明るい陽の光(a brighter sunshine)」の中に見るほかなく、エデンが彼を追放したことで勝ち取った「憂いに沈んだ美の影」にはまったく気づきようもなかったのだ。そして、その「美」には神の意志が反映されていると考えられる。"Eden won" とは、"God won" ということであり、語り手が「幸運な堕落」を肯定的に捉えていることは明白である。アダムという人間が原罪を犯すことでエデンを失う(lost)と同時に、神は「憂いに沈んだ美の影」を勝ち取った(won)のである。エデンの創造主たる神が勝ち取ったその「憂いに沈んだ美の影」とは、非常に価値のあるものなのだ。なぜならば、神にとって絶対的な「美」は、天国にしかないのであり、地上における「美」は相対的なものでしかないことを神が知らしめているからである。その「美」の相対性を自明のものとするために、神はアダムという人間を楽園から追放したのである。

このような〈原罪〉の解釈を示す語り手の根底的な精神が、作品全体に通底していることをさまざまな角度から分析し、最後の完結長篇となった『大理石の牧神』(*The Marble Faun*, 1860) における作者ホーソーンの精神的な境地を探究したい。

二

まず、「美」の相対性を風土との関連において語り手がどのように捉えているかを見るために第八章「ボルゲーゼ公園」における次の文に注目したい。

このように木立と花が豊かなこの公園は、イギリスの最上の公園風景よりももっと美しく、もっと感動的で荘厳な印象だったが、その理由は、ここでは「自然」の手に大幅に仕事が委ねられているという人の無頓着さにあった。人の手の介入が余りないので、自然がゆっくりと仕事を進め、自分に居心地のいい場所にしてゆくのであった。成程ずっと昔に人の手は十分に加えられ、現在も人手の世話は継続されていたが、自然の野生が奇形を産み出すに至るのを防ぐための世話であって、その結果がこの理想的な風景、詩人の想念の投影とも思われるこの森の風景だった。もしも牧神なるものが単に古代の詩の産物に過ぎないものではなくて、いずこかに再出現の可能性があるとしたら、それは今眼の前のこのような風景の中にであろうと思われた。(IV, 72)

語り手は、ボルゲーゼ公園の景観の美しさを、英国の公園の景観の美しさと比較して強調するが、「感動的（touching）」で「荘厳な（impressive）」でもあるボルゲーゼ公園の「美」の本質的な由来は、「無頓着さ（the neglect）」にあるとしている。自然をなすがままにさせておく「無頓着さ」が、その「美」を生み出すのであり、人間があまり手を入れないからこそ、その自然は静々と自分の仕事に精を出し、自らを心地よきものにするのである。公園と言えども、イタリアの公園は、人工的部分が極めて少ない自然そのもののように見えるのだ。また、「人手の世話（human care）」は、その自然の野生が「奇形（deformity）」を産み出さない程度のもので、その結果、その風景は詩人の心から投影されたもののように理想的な「美」を現出しているのだ。そして、このような風景の中にこそ「古代の牧神」が存在したに違いない、と語り手は言う。さらにその「無頓着さ」を根底で支えているものがイタリアの気候風土であることは確かである。語り手が、第十八章「断崖の縁」で、「イタリアの気候は、時代というものからその威厳を奪い、そしてその時代を実際よりも新しく見せるのだ（The Italian climate, moreover, robs age of its reverence, and makes it look newer than it is）」（IV, 165）と言う時、その比較の例に出すものは、コロッセオなどのローマの遺跡と英国の大修道院などであるのだ。後者が、「神さびた古さ（venerable antiquity）」を感じさせる一方で、前者のレンガや石は後者の基が築かれるずっと昔に崩落していたのである。イタリアの遺物は、英国の遺物のように古色蒼然とはならないのだ。そして、英国の自然の特質は次のように説明される。

これはイギリスの自然が、その歴史的廃墟を、まるで駒鳥が死んだ雛鳥を木の葉で覆ったという昔話の通りに、蔦で覆って己が懐に抱き込んでゆくという優しさによっている。イギリスの自然は、廃墟から人工の跡を徐々に消し去りながらそれを己れの中へ還元しようと努め、人工の跡を這い上る蔦の葉と苔でびっしり覆いつくすことによってついには元の自然の姿を取り戻すのだ。(IV, 165)

イギリスの自然は、「飲み込む」自然なのであり、その本質には「優しさ(the kindliness)」があるのである。駒鳥が亡くなった雛鳥を木の葉で覆い隠すように、その自然は遺物を抱きすくめ、それを同化させ、ついには元の自然の姿を取り戻すのだ。それに対してイタリアの自然は、人為によって切り出された「石(a stone)」を「不毛な陽ざしのなか、むき出しで裸のまま(bare and naked, in the barren sunshine)」(IV, 165)の状態で放置しておくのである。ケッペン(Wladimir Peter Köppen, 1846–1940)の分類によれば、「温帯多雨気候」の英国と「夏乾燥温暖気候」のイタリアでは、気候風土がまったく異なるのである。雨の多い英国の自然と乾燥がちなイタリアの自然を、それぞれ「優しさ」と「無頓着さ」で象徴するホーソーンの見識は、的確である。そして、イタリアの自然の「無頓着さ」こそが、「それを今我々が見ているほどに優しくも野性的にするために、成長、衰退、そして人間の知性が共にねんごろに作用し合ってきた何世代、幾年月をも必要としたにちがいない風景（a scene that must have required generations and ages, during which growth, decay, and man's intelligence, wrought kindly together, to render it so gently wild as we behold it now）」（IV, 73）を現出させているのであり、その風景に見られる「優しくも野性的（gently wild）」という言葉は、そのままドナテロを形容していると も考えられるのである。さらに語り手は、この「マラリア」が猖獗を極める夏場のボルゲーゼ公園の風景について、「かくしてその風景は、その美の点でエデンに似ているのであり、また実際に人間が所有できないものとしてその美を奪ってしまう致命的な魔力の点でもエデンに似ているのだ（Thus the scene is like Eden in its loveliness; like Eden, too, in the fatal spell that removes it beyond the scope of man's actual possessions）」（IV, 73）と述べるのだ。語り手の意識の中でこの風景は、その「美（loveliness）」の点と、「マラリア」という「禁断の木の実」に当たる「致命的な魔力（the fatal spell）」の点で「エデン」のように見えているのである。

三

ローマ近郊のボルゲーゼ公園にエデンの「美」を見出す語り手が、次にその「美」に出会う場所は、ドナテロの故郷モンテ・ベニの山峡である。ドナテロの胸像製作のために粘土に手を入れるも思い通りにいかぬまま、ドナテロと別れたケニヨンは、実り豊かな秋の気配が見え始めたドナテロの領地を散策する。杏子、李、桜桃、梨、桃、無花果、そして葡萄という大地の実りに溢れたモンテ・ベニは、まさにエデンのようであり、またその葡萄で作られる「サンシャイン・ワイン」という「自然の恵み（gifts of Nature）」にはアルカディア的な「詩的な味わい（a flavour of poetry）」（IV, 275）があるのだ。しかし、「ドナテロの悔悟の苦悩は、この原始そのままの喜びに溢れているはずの生活を、悲しいものにした（Donatello's remorseful anguish saddened this primitive and delightful life）」（IV, 275）のである。ローマのカタコンベでミリアム（Miriam）が再会したモデル（the Model）は、因縁の抑圧者として彼女を隷属させていたが、ある夜その「不思議な迫害者（strange persecutor）」の「ある言葉に表せない邪悪さ（some unspeakable evil）」に脅威を感じ、「彼女の災難の差し迫った危機（the very crisis of her calamity)」（IV, 171）を知ったミリアムを守るために、ドナテロはモデルを「タルペーイアの岩壁（Tarpeian Rock）」（IV, 168）から投げ落としたのであった。両者の交し合った眼差しにミリアムの同意を読み取った上でのドナテロの発作的な行為が、モデルを死に追いやったのだ。その後のドナテロは激しく落ち込み、ある種のうつ状態に沈潜してゆくのである。モンテ・ベニでしか作れない「サンシャイン・ワイン」という銘柄に見られる「サンシャイン」とは、ドナテロその人を言い当てているのだが、モデル殺害の罪によって、彼の太陽のような気質は分厚い黒雲に覆われてしまったのである。また、ケニヨンはケニヨンでヒルダ（Hilda）に対する「決して静められず決して満たされない憧れ（the never quiet, never satisfied yearning of his heart）」（IV, 275）を持っていたので、「彼なりの苦痛（a pain of his own）」を抱えていたのだ。つまり、彼ら二人は、「めったにないほどに、現実の俗塵から遠くへだたっていた（rarest quality of remoteness from the actual and ordinary world）」（IV, 276）モンテ・ベニの土地で、悲しく憂鬱な気分にあったのである。そこで語り手はケニヨンの意識の中に入り込み、次のように言うのだ。

太古のエデンの園があった場所を探し求め、楽園喪失以来〈無垢〉の住む地の上にたれこめている透明な薄暗がりを通してエデンの美しさを見る冒険者の感動を抱きながら、ケニヨンは、ぶどう園や果樹園、谷あいやもつれた灌木の間をさまよい歩いた。アダムはもっと明るい陽の光のもとでエデンを見たが、アダムの追放によってエデンが勝ち取った憂いに沈んだ美の影は知らなかったのだ。(IV, 276)

この引用の最後の一文、「アダムはもっと明るい陽の光のもとでエデンを見たが、アダムの追放によってエデンが勝ち取った憂いに沈んだ美の影は知らなかったのだ」は、『大理石の牧神』解釈の要だと思われる。ルーイスは、『アメリカのアダム』(*The American Adam*) 第六章「時間の中への復帰——ホーソーン」のエピグラフにこの一文を挙げ、論の最後の段落においては、その一文の中に「人生を統御する時間への順応 (an adjustment to time which offers a control for life)」(126) の暗示を見出している。また、ワゴナーは、「エデンは、彼がセイラムの朽ちた住まいで人生について、あるいはユートピア的共同体で人間の堕落を元通りにしようとする改革者たちの試みについて書いていたにせよ、はるか遠景に退くことは決してなかった (Eden had never been far in the background, whether he was writing of life in a decayed mansion in Salem or of the attempts of reformers to undo the fall in a utopian community)」(164) と述べ、エデンの探究がホーソーンにとっていかに重要であったかを指摘している。そして、作品副題の「モンテ・ベニのロマンス」を最もよく象徴する場面として、このエデンは想起されているのだ。「透明な薄暗がり（the transparency of that gloom）」とは、オクシモロンではあるが、その“gloom”とはホーソーンの好む“twilight”とほぼ同義であろう。というのも、「薄明かり」と「薄暗がり」の明と暗は、分かちがたく混じり合っているものだからである。薄暗い「中間領域」からこそ明瞭に見えてくるもの、それこそが心理的な真実なのであり、その場所こそが作家の求めるロマンスの磁場なのである。

語り手の醸成したモンテ・ベニのロマンスの磁場の中、ケニヨンはエデンの「美（loveliness）」を発見するのだ。しかし、堕罪の結果、自意識に目覚めエデンを追放されたアダムが、振り返って外からその「もっと明るい陽の光のもと」にあるエデンを眺めた時、彼はそこに彼の追放によってエデン（神）が勝ち取った「憂いに沈んだ美の影」を見出すことは決してなかったのだ。「エデン（神）が勝ち取った」という表現には、「美」の認識についての神の強い意志が働いているように思われる。つまり、この地上には絶対的な「美」は存在しないということが、「憂いに沈んだ美の影」の「影」という言葉に込められているのである。神によるアダムの楽園追放は、地上における「美」の相対性の証となっているのだ。かくして、この「憂いに沈んだ美の影」を探究する旅が、アダムに、そしてドナテロに課せられるのであるが、その想像上のアダムの姿は、ドナテロの姿に投影されているのである。

彼は、先祖と同じように自然と共感しあい、周囲に息づく全てのものと兄弟愛で結ばれ、動物的生気に溢れた健康な生活を送ることは出来ないのだ。大自然は、例えば獣、鳥、木、大地や水や大空は、昔ながらである。しかし罪と不安と自意識のために、自然の中の人間的な部分は歪められ、そのため純真な人間ほど道に迷いやすくなったのだ。(IV, 239–40)

語り手は、第二十六章「モンテ・ベニの家系」で現代のエデンをモンテ・ベニの山峡の自然と、「先が尖って柔毛で覆われた耳(the pointed and furry ears)」(IV, 235)を持つと想像される神話的自然児のドナテロとの関係の中に見出しているが、半人半獣のプラクシテレスの牧神像に似ているとされるドナテロは、先祖たちのように「動物的生気(animal spirits)」をもって、「自然」界のすべてのものと共感し合って生きてきたのだ。換言すればドナテロは、自然物としての「獣、鳥、木、土、海、空」のそれぞれの生気と浸透し合うようなアニミズムの体現者であったのだ。しかし、ドナテロの罪の自意識は、"the world"、つまり「自然」の「人間的な部分」、即ち「半人」の部分を歪めてしまったのである。「人間的な部分」と「動物的生気」のバランスが崩れた瞬間から最も純真であるドナテロは、「健康な生活」を手放してしまったのだ。そして、ドナテロの真正の「純真な（simple）」キャラクターこそが、謎が多く“a mystery”（IV, 23）と称される「美しい魅力的な女性（a beautiful and attractive woman）」であるミリアムの「妖精のような（spritelike）」キャラクター、別言すれば彼女の「動物的生気」に照応していった結果が、モデルの殺害につながったのであるが、ドナテロのミリアムへの愛は、極めて本能的な直感であり、「君が君自身であり、僕がドナテロだから、君を愛している！　他のどんな理由もいらない」（IV, 79）と言う時のドナテロの言葉は、「自然言語（natural language）」の表出と考えていいように思われる。この「自然言語」とは、言葉になる前の言語、つまり、存在物同士が言語の媒介を超えて交流し合うツールなのだ。そして、この言葉は作品中でミリアム（IV, 23）とドナテロ（IV, 77; 81）とミリアムのアトリエの中庭にある泉（IV, 38）の描写の中に四回（内一回はミリアムによるドナテロの“natural words”についての言及）現れるが、ミリアムの場合その言葉は、彼女の「心の広さ、優しさ、そして生来の真心にあふれる人格（generosity, kindliness, and native truth of character）」（IV, 23）を表すものとして用いられており、さらに友人であるケニヨンとヒルダは、「彼女の良い特質（her good qualities）」を「明らかで本物（evident and genuine）」だと考え、そして、彼女のミステリーの部分を「悪（evil）」に結びつけることは決してなかったのである。このような「彼女の良い特質」に裏打ちされる「自然言語」は、まさにドナテロのものであり、彼の自己表現は言葉によらず、「身振りの自然言語、身軽な体の本能的な動き、そして無意識な顔の動き（the natural language of gesture, the instinctive movement of his agile frame, and the unconscious play of his features）」（IV, 77）によって、瞬時に内面の感情を多く語るものであったのだ。

四

第九章「牧神と妖精」の舞台であるボルゲーゼ公園内で、ドナテロの至福感に強く影響を受けているミリアムが、ドナテロに「この幸せ（this happiness）」がいつまで続くのかを問う時、彼は、「過去を振り返えるより、未来に思いを馳せる方がずっと彼を当惑させた」が故に、「永遠に！　永遠に！　永遠に！（Forever! —forever!—forever!）」と叫ぶのである。それに対してミリアムは、次のように答えるのだ。

「子供だわ、お馬鹿さんみたい！」と笑い出しながらミリアムは言ったが、はたとそれを抑えて、「でも、この人本当に馬鹿なのだろうか。さっきの自然な言葉の中には、純粋な愛が必ずやもたらすその深い感覚、その愛自体の永遠についてのその深遠なる確信が表明されていたのではないか。ああ、この人には途方に暮れてしまう――そう、それにうっとりともさせられるわ。野性的で優しく美しい人！　若いグレーハウンドの猟犬でも相手に戯れているようだ！」（IV, 81–2）

ドナテロは「お馬鹿さん（the simpleton）」としか言いようのない自然児であり、その彼から発せられる「自然な言葉（natural words）」、換言すれば「自然言語」の中にミリアムは、「純粋な愛が必ずやもたらすその深い感覚、その愛自体の永遠についてのその深遠なる確信（that deep sense, that profound conviction of its own immortality, which genuine love never fails to bring）」を感じ取っているのだ。そしてさらに彼女は、「若いグレーハウンドの猟犬（a young greyhound）」のようであるにしても、「野性的で優しく美しい人（wild, gentle, beautiful creature）」としてのドナテロに当惑しながらも、魅了されているのである。

ミリアムとドナテロの〈共感〉関係は、「自然言語」を通じて成り立っているのであり、そのことを実感するミリアムは、「私も彼と同じように自然のままでいよう――この一時だけでも！（He shall make me as natural as himself—for this one hour!）」（IV, 83）と言うのである。ミリアムとドナテロの「自然言語」は、人間の言語を超えたレベルで共鳴し合っているのであり、この時点において彼ら二人の世界は、「アルカディアの生活（Arcadian life）」、さらには「黄金時代（the Golden Age）」（IV, 84）という神話的世界に変容しているのである。

二人の子供のように、年齢を知らぬ神話の主人公達のように二人は戯れあった。日常生活にあってのくすんだ様々の習いというものを思いきり投捨てて、二人は生れつきの享楽者――より深い喜びはいざ知らず、尽きることのない浮かれ気分を与えられた者達のように見えた。それははるか遠い昔のアルカディアの生活の一瞬の再現、いや更に昔、人類が未だ罪と悲しみの重荷を知らず、喜びが未だ影に曇らず、まして一方に影があればこそそれが喜びを高きなぐさめに変え、さらにはそれを「幸福」に変えるという人類の歴史以前の「黄金時代」の再現だった。（IV, 83–4）

この語り手の説明は、端無くも神話上の楽園（エデン）が、「罪と悲しみ」の影に覆われた後には、「高きなぐさめ（high relief）」、そして「幸福（Happiness）」が立ち現れることを示唆しており、彼らの「喜び（pleasure）」は、その影によって高められ、「より深い喜び（deeper joy）」になると言うのである。つまり、語り手は、「人間の堕落」を「幸運な」ものだと捉えているのだ。エデンにも言葉は存在したであろうが、原罪後のアダムとイヴの罪の意識を通してその言葉は、人間の言語になったのであり、それまでは彼ら二人と周りの自然とは混然と一体化したものであったのである。自然の中に溶け合って生きてきた無垢な二人は、「罪と不安と自意識」（IV, 240）を持った結果、善悪の認識を持つに至るのだ。そして、その認識は人間の言語による解釈に依拠している。我々はその解釈というフィルターを通して人間や自然の万物を見ているのだ。しかし、ケニヨンは、梟の塔の高みから見る「荘厳なる風景（majestic landscape）」（IV, 258）に「神の摂理（His Providence）」を感じ、感謝しながら、人間の解釈には限界があるということをドナテロに伝えている。

「いや、我々の目の前に広げられた大空と大地という本を見ていると、君にお説教なんかできないよ。まず自分でこの本を読もうとしてみたまえ。そうすれば言葉の助けを借りなくても、おのずと意味が判ってくる。一番崇高な考えを、人間の言葉に直してしまうなんて、大間違いだ。我々が感情や精神的な喜びのより高い領域にのぼる時、それらは我々をとりまいているこの風景のような崇高なる象形文字によらなければ、表現できないのです。」（IV, 258）

天と地が本の一頁のようにその「美」の本質を眼前に差し出している時、人間は言葉を失うものなのである。そして、ケニヨンはドナテロにその頁を「読む」ことを命じ、読めば言葉の助けもいらず自ずとその意味が明らかになると言うのだ。さらに、「一番崇高な考え（our best thoughts）」を「人間の言葉」に移そうとすることは、大きな間違いであり、我々が「感情や精神的な喜びのより高い領域にのぼる時」、そういった考えはこの場の風景のような「崇高なる象形文字（grand hieroglyphics）」によってのみ表現できる、とケニヨンは述べている。つまり、「崇高なる象形文字」とは、「自然」そのものであり、堕罪以前の無垢の目をいまだに残すドナテロには、「自然」はあるがままの「自然」なのであり、その意味を理解できなかったのだ。しかし、今や彼は、「自分には隠されていてわからないもの（something that is hidden from me）」（IV, 258）を、「友をこれほど元気づけている類推をいつにない理解力を発揮して捉えようと努めて」いるのだ。さらには、足元の「敷石（the stone pavement）」の隙間に生えている「小さな灌木（a little shrub）」に興味を引かれたケニヨンにつられてその「教訓（lesson）」を解釈しようとする「純真な（simple）」ドナテロが、「それはなにも僕に教えてくれはしないさ。ここに木を枯らす虫がいる。醜い虫だ。銃眼から放り出してやろう（It teaches me nothing. But here was a worm that would have killed it; an ugly creature, which I will fling over the battlements）」（IV, 259）と言う時、彼は人間的存在により近づいている。なぜならば、悪い虫は取り除くべきだという善悪の判断が、自分の意志でなされ、モデル殺害の動物的かつ直感的判断とは異なる次元においてなされているからである。

五

第二十八章「梟の塔」に続く「胸壁の上で」の章において、「雲の形（cloud-shapes）」の解釈をめぐって、まずドナテロは、それを「僧侶（a monk）」と捉える一方で、ケニヨンはそれをミリアムだと捉えている。その時、辺りには「イタリアの日没の美しい光景（the fair spectacle of an Italian sunset）」が広がり出し、空は「やわらかく輝き（soft and bright）」、ケニヨンがよく知っているアメリカの日没の空ほどは「絢爛たる（gorgeous）」ものではなかったが、その光景は「優しくも華麗（tenderly magnificent）」（IV, 266）であったのだ。そのような中、「修道院の鐘（a convent-bell）」の鳴り響く時、ドナテロはケニヨンに自分が「僧侶」になる意志があることを伝える。それに対するケニヨンの反応は次のようである。

「坊主なんてね、至る所で出くわす奴らの好色そうな顔つきからすると、まがうかたなき獣さ。奴らの魂は、そもそも魂と呼べるような代物をもっているとしての話だけれど、怠惰で豚のような一生を半分も終らぬうちに、もう無くなっちまっているんだ。ここいらの高い胸壁で星を見つめて突っ立ってた方が、これ迄よりも気高い生活の新芽を奴らの独居室の中で立ち枯れにするよりも、百万倍もいいに決まっている」（IV, 267）

修道士は「獣」と決めつけ、さらにはその魂の死滅まで言うケニヨンに向かって、「あなたは異教徒だ！（you are a heretic!）」とドナテロは言うのだが、星明りの下彼の顔は輝くのだった。そして、この「薄暮（the twilight）」の中、彼の顔の表情にはかつてローマで会っていた頃の「牧神」の似姿が蘇っていたのだ。

今もってその類似性はあった。今、人間同胞の幸福のために生きるという考えを初めて教えられて、ドナテロの顔には、悲しみのために半ば消え失せていた本来の美しさが、高められ清められた形で戻ってきたからである。牧神は、深い暗黒の中で魂を見出し、その魂をわがものとしようと苦しみつつ天上の光に向っていたのだ。(IV, 268)

無垢なドナテロの「本来の美しさ」というものが、ケニヨンによる「人間同胞の幸福」の暗示に呼応して、「高められ清められ」て戻ってきた結果、牧神であったドナテロは、「魂(a soul)」を発見し、それをもって「天上の光」を求めて悪戦苦闘していたのだ。そのような中、ある女性(ミリアム)の歌声が聞こえて来る。それはドイツ語で、「魂の呟き(the murmur of a soul)」のようであり、「かつてこの神秘の声より深遠なる哀調を帯びたものは聞かれたことは一度もなかった(Never was there profounder pathos than breathed through that mysterious voice)」(IV, 269)のである。ドナテロとミリアムの魂は、ここで深く共鳴し合っており、その「より深遠なる哀調」は、他者の悲しみに共感するケニヨンの涙を誘い、そして「言葉にできない苦悶に同調するように(as chiming in with the anguish that he found unutterable)」ドナテロをして嗚咽させるのである。このような魂の出所について、語り手は「ある神秘的な源」に求めているが、その源とはミリアムであり、彼女のために犯した罪であるのだ。そして、「若き伯爵の純真さ（the young Count's simplicity）」（IV, 262）には、「彼らのローマでの付き合い以来（since their intercourse in Rome）」「魂」が吹き込まれてきたのである。その結果、彼は「より一層深い洞察力（a far deeper sense）」と「知性（an intelligence）」（IV, 262）を示すのであり、その「高められ清められた」彼の「本来の美しさ」は、次のように描かれている。

それだから、ケニヨンは、自分の作品をもう一度振り返って見ればよかったのだ。というのは、それは依然として太古の牧神の顔だちでありながら、しかも古代ギリシアのプラクシテレスの牧神像には欠けているより気高い意味に輝いていたからである。（IV, 273–74）

第三十章「ドナテロの胸像」において、ドナテロの粘土像をケニヨンが形成している時、たまたま作り上げられたその像は、カインよりさらに醜いものであり、「致命的な怒りの表情（the look of deadly rage）」（IV, 273）を浮かべていた。それを大理石にして欲しいと願うドナテロを制止したケニヨンは、その粘土に手を入れるのだが、その彼の「最後の偶然の手入れ（last accidental touches）」が、「より気高い意味（a higher meaning）」をもって輝く「太古の牧神（the antique Faun）」を生み出すのである。そして、その「より気高い意味」とは、ミリアムの言う「より気高い無垢（a higher innocence）」（IV, 283）と捉えてよいであろう。彼女は自分がドナテロを、「彼の堕落以前の無垢よりもより気高い無垢（a higher innocence than that from which he fell）」へと導くことができると自負しているのだ。ドナテロの無垢は、堕罪により人間としての「魂」を発見した結果、より高いレベルの無垢になったと考えられる。「より気高い無垢」とは、まさにパラドックスではあるのだが、ケニヨンがミリアムに、「しかし、彼の精神が目覚めたので――それがこれまで経験したことがないほどのより高い魂へと高まったので、彼の内部で真実かつ永遠なるものであったすべてが、まったく同じ衝動によって復活したのです。同様にそれは彼の愛と共に復活したのです（But, as his mind roused itself—as it rose to a higher life than he had hitherto experienced—whatever had been true and permanent within him revived by the self-same impulse! So has it been with his love）」（IV, 281）と言うように、ドナテロの「より高い魂（a higher life）」は、かつての無垢と矛盾することなく共存し、その無垢は彼のミリアムへの愛と共に復活したのである。

六

ミリアムによって主張される「幸運な堕落」という造悪論は、テクストでは二度拒絶される。まずは、ケニヨンにより、そして最後にはヒルダによって完全否定される。これを認めることは、キリスト教を棄教することと同義である。しかし、コラカーチオが、ローレンスの『緋文字』論を引きながら、「テクスト自体が彼女（ヘスター）の単純な力にかなり畏敬の念を抱いている」と述べ、ローレンスの「女は疑い深い男の復讐の女神なのだ。女はそれを避けられない」（13）という言葉をあげるように、『大理石の牧神』のテクストもまた、ミリアムの情熱（passion）を恐れているのだ。そしてミリアムの情熱は、「疑い深い男」たちが作り上げたキリスト教自体を転覆するような力を胚胎している。[2] 最初から悪を意図した罪は論外であるが、モデルによって魂の隷属状態（"He had me in his power," IV, 432）に置かれているミリアムを愛し、守ろうとするが故に犯したドナテロの罪には酌量の余地がない訳ではないのだ。[3] モデルは、他者の魂を弄び汚すというホーソーンの言う「許されざる罪」（"the Unpardonable Sin"）を犯しており、その意味では彼はラパチーニ博士（Rappaccini）やエイルマー（Aylmer）などの狂気の科学者から、チリングワース、ピンチョン判事、ホリングズワース、ウエスタヴェルトなどの系譜に属するのだ。

また、ワゴナーが、「ミリアムはしばしばホーソーンの心のより暗い面を代弁している(Miriam often speaks for the darker side of Hawthorne's mind)」(167)と言うように、ホーソーンの内面には罪を認めようとする心性があると思われる。

「例の人間の堕落の話よ！　それは、私たちのモンテ・ベニの物語でも繰り返されているのではないこと？　その類推をもう少し進められるかしら？　その罪こそが――アダムが己とすべての子孫を投げ込んだそれが――私たちの長い間の労苦と悲哀をへて、その失われた生得権がもたらす以上に、我々がより気高い、より明るい、より奥深い幸福を手に入れることになる運命づけられた手段だったのでしょうか？　この考えによって、他の理論では不可能な、罪の存在が許されていることの説明がつくのではないこと？」(IV, 434–35)

ミリアムは、原罪によるエデン喪失の意味をドナテロにあてはめて類推するならば、その原罪とは、「我々がより気高い、より明るい、より奥深い幸福を手に入れることになる運命づけられた手段」であったのではないか、と考えるのである。そして、そう考えれば「罪の存在が許されていること」の説明がつくのではないかと言うのだ。罪というものが、人間の能力の「より気高い（higher）」部分、即ち「魂」を鍛える、という「幸運な堕落」論について、ブロードヘッドは、「その解釈は深遠であるかもしれないが、まったく新奇なものではなく、はるかミルトン以前にすでに十分確立されていて、それは十九世紀においては人道主義的な自明の理であったのだ」（76–77）と述べている。それにもかかわらず、ヒルダがこの教義を新しいもの、また言葉を失うほど衝撃を与えるものと考えている事実は、珍奇であるとブロードヘッドは考えており、また、「幸運な堕落の観念（felix culpa notion）」は、「人間の堕落した本性（man's fallen nature）」が「彼（ドナテロ）のいわゆる『より気高い』自己の本源（the very source of his（=Donatello's）so-called "higher" self）」になっていると説明する。さらにブロードヘッドは、作品中のこの教義の重要性を「ホーソーンの気高いロマンティックな瞬間にについて権能を与えるための信念（the enabling faith of Hawthorne's high romantic moment）」の再確認のうちに見出している。つまり、その「信念」とは、芸術が「ありきたりのもの（familiar things）」を超えて、「純粋で新しい制作物（a genuine new making）」になり得るという「信念」、そしてまた、

「芸術が生み出し得るものは、『現実の』思考の構造が閉め出してしまう、その倫理的、認識的な可能性であるという信念」のことなのだ（Brodhead 78）。

ブロードヘッドの指摘の通り、後世のアメリカ人作家が出会うことになる「ヨーロッパ」の概念の論理に先鞭をつけた最初の作家としてのホーソーンは、「ヨーロッパ」の現実の裏に潜む真実を表現していたのであり、そして、その真実を先鋭的に理解していたジェイムズは、『ある婦人の肖像』（*The Portrait of a Lady*, 1881）の中でイザベル（Isabel）に「荘厳な美（impressive beauty）」と「残酷な抑圧（ferocious inhibition）」が背中合わせに併存する「ヨーロッパ」の真実に直面させている（Brodhead xxviii）。アメリカ人女性のイザベルやヒルダが出会うヨーロッパ文化の圧倒的かつ神秘的な力は、最もよくミリアムに体現されていると思われる。イギリス人の母とイタリア人の父から生まれた娘、という「混血人種（mixed race）」（IV, 430）であり、かつ「ユダヤ人の血（Jewish blood）」（IV, 429）筋までも入っている彼女は、まさにヘブライズムとヘレニズムの混淆の中に生きている全ヨーロッパの "mystery" そのものなのである。そして、「幸運な堕落」についての議論は、すでにアウグスティヌス（Augustine, 354–430）によって肯定的に捉えられていたことを考えれば、全ヨーロッパの歴史を背負っているミリアムにその思想を受容する素地は十分にあったと思われる。カプチン僧のモデルによる迫害に耐えに耐えていたミリアムは、エデンを体現する無垢なる神話的自然児ドナテロによって救済されたのだが、その意味は、神話によるキリスト教の相対化、または自然《ネイチャー》による人工《アート》の相対化とも理解できるであろう。また、敷衍して言えば、ドナテロが体現するアニミズム的な「自然言語」は、ミリアムが体現するキリスト教的な「人間言語」を包摂する優位なものであると考え得るのである。しかし、地上を「楽園（a Paradise）」に変える可能性を胚胎していたドナテロの「優しい性質（a genial nature）」（IV, 459）は、失われて初めてその価値に光が当たるのだ。

　ミリアムのこのような「幸運な堕落」論をケニヨンは「あまりにも危険」であると拒絶し、「計り知れぬ深淵（the unfathomable abysses）」に足を踏み入れていると彼女に忠告するのである。しかしながら、ケニヨンは最終章において愛するヒルダに対して、ミリアムの考えに強く影響を受けたかのように、罪によるドナテロの教育、また、罪による彼の向上が実際あり得たのではないか、という「当惑（perplexity）」の気持ちをヒルダに吐露している。そして、ケニヨンが、「アダムは、私たちが究極的に彼のそれよりははるかに高遠なるエデンにのぼれるように堕落したのではないでしょうか（Did Adam fall, that we might ultimately rise to a far loftier Paradise than his?）」（IV, 460）と言う時、ヒルダは興奮して猛反発するのだ。ケニヨンはすぐに前言を撤回し、その余勢を駆ってヒルダに愛の告白をした結果、それは結婚の形で成就するのである。彼はピューリタン的な「白き知恵（white wisdom）」（IV, 460）を持つヒルダを心底愛して止まないのであり、「幸運な堕落」のパラドックスという神学上の問題を内面化しながらも、自分にとってかけがえのない存在であるヒルダを手に入れたのだ。[4] かくして、「幸運な堕落」の是非をめぐって、ヒルダ・ケニヨン組とミリアム・ドナテロ組は対立したままで終わる。[5] しかし、フォーグル（Richard H. Fogle）が主張するように、この作品の"life-principle"は、判断の"suspension"（191）にあるのであり、その対立の両極性の緊張に耐えようとする作者ホーソーンの想像力は、[6] 失われたエデンを求め、その「より気高い無垢」をドナテロの中に見出したのだ。そして、ケニヨンの、また作者のドナテロの罪に対する〈共感〉は、モンテ・ベニでケニヨンの意識の中に想起された「憂いに沈んだ美の影」をもったエデンを発見したのであり、地上における「美」の相対性と人間の不完全性を再認識するのである。そして、かつてケニヨンがドナテロを元気づけるために言った助言──「我々は、正しい道を歩もうと思いつめるあまりに道を踏みあやまっている（We go all wrong, by too strenuous resolution to go all right）」（IV, 239）──は、彼が「理性的なプラグマティスト」（Tellefsen 466）に見えてしまうにせよ、大[7] いに説得力があり、示唆に富んでいるのである。

注

（1）『大理石の牧神』の邦訳は、島田太郎他訳『大理石の牧神Ⅰ・Ⅱ』（国書刊行会）に拠ったが、適宜、筆者による変更を加えている。

（2）ベイムはミリアムについて、“She is another representative of passion, creativity, and spontaneity, also like Zenobia although less flawed”と述べている（Baym 236）。

（3）マイルダー（Robert Milder）が、“The model for Miriam is what Moby Dick is for Ahab, the ‘agent’ or ‘principal’ of those forces that oppress humanity and whose overthrow would constitute an epochal liberation”（Milder 250）と言うように、モデルの暴虐な性格はまさに非人間的なのである。

（4）ラヴジョイ（Arthur O. Lovejoy）は、『失楽園』について“Milton and the Paradox of the Fortunate Fall”の中で、“in the part of the narrative dealing primarily with the Fall, the thought that it was after all a felix culpa must not be permitted explicitly to intrude; that was to be reserved for the conclusion, where it could heighten the happy final consummation by making the earlier and unhappy episodes in the story appear as instrumental to that consummation, and, indeed, as its necessary conditions”と述べ、「幸運な堕落」のパラドックスについては、“the only solution was to keep the two themes（the Fall and Redemption）separate”と結論づけている（Lovejoy 178–79）。自らの罪を悔いるべきか、喜ぶべきかに迷い、“full of doubt”の状態にあるミルトンのアダムの姿は、ドナテロの姿に似ており、彼の罪と救いはラヴジョイが解釈するように、別個に理解されるべきであろう。

（5）ブロードヘッドは、“Her［Hilda’s］ascendancy in the book mirrors Hawthorne’s own cultural adjustment. He was not a dissident in the new American order of culture.”と説明している（Brodhead 79）。この洞察は正しいかもしれないが、ケニヨンのヒルダに対する人間的な愛こそが作家にとってはより重要であったのである。

（6）フォーグルはまた、“Hawthorne is a dualist of good and evil and of heaven and earth. Like Melville he is more

"Manichaean than most theologies would approve"と述べ、さらには "there is no synthesis in Hawthorne's thinking, only thesis and antithesis in balance"と強調する（Fogle 220）。

（7）ブロードヘッドがケニヨンの "secular humanism and humanistic therapy"（xix）に言及する一方で、テレフセン（Blythe Ann Tellefsen）は、"Kenyon is a reasonable pragmatist who is willing to consider various possibilities" と述べている（Tellefsen 466）。ブロードヘッドのケニヨンについての見解はネガティブだが、彼の「多様な可能性」の能力を指摘するテレフセンの考えは非常に重要である。

第七章　ホーソーンにとって「精神の美しい絵《モラル・ピクチャレスク》」とは何か

――「りんご売りの老人」と〈美的コントラスト〉

ホーソーンは、「りんご売りの老人」（"The Old Apple-Dealer," 1843）の冒頭で、「精神の美しい絵を愛する人は、ある人物の中に自分の探しているものを見つけることが時にはあるものだ。とは言っても、それはその人物があまりにもネガティブな特徴しか持たないので捉えどころがなく、言葉の絵の具によって想像力に富む視覚に訴える体のものである」[1]（X [*Mosses from an Old Manse*], 439）と述べている。一体その「精神の美しい絵（the moral picturesque）」とは何であろうか。[2]

まず我々は、ここに表出されている「精神の美しい絵」という言葉を考える上で、それを愛する者の眼差しが向かうところのネガティブにしか描写し得ない「ある人物」について考えなければならないであろう。このスケッチでは、この世の営みの中で見捨てられたネガティヴな存在として、りんご売りの老人が観察の対象になっている。ネガティヴ（消極的）とは、目立たず捉えどころのない様子を指すのであり、マイナスであり、陰画でもある。被写体と明暗が反対に現れる写真の原板である陰画の概念は、ホーソーンの想像力の根底にあることは確かであろう。精神の暗部に静かに測鉛を下ろしていくホーソーンの眼差しは、レンブラント（Rembrandt van Rijn, 1606–69）が独自の明暗法（chiaroscuro）によって描く肖像画のように、描かれる人物の精神性を奥深いところで捉えようとするのである。顔のほぼ正面を照らし出す光は、背景の深い暗さとのコントラストによってその人物の精神性をせり上げるのだ。そのためにこそ、ホーソーンはネガティヴな部分に眼を注ぎ続けるのであり、それによって見出した真実を、明と暗というコントラストの中に描写するのである。そして、そのコントラストが絶妙なバランスの上に成り立つ時、「美」が誕生するのである。この「美」を求めていくことが芸術家の使命であり、そしてホーソーン自身も読んでいたバークの『崇高と美の観念の起原』（*A Philosophical Enquiry into the Origin of our Ideas of the Sublime and Beautiful*, 1757）の中の言葉を借りるならば、「極めてありふれた、時には自然界で最もつまらないものの気楽な観察（an easy observation of the most common, sometimes of the meanest things in nature）」（54）こそが、その探究の第一歩となるのであった。(3) そしてさらにバーク流に言えば、このような観察を軽蔑する最も明敏で勤勉な態度が、我々を「誤った光（false lights）」によって誤り導くのであり、一方我々に「最も真実なる光（the truest lights）」を与えてくれるのは、そのようなありふれたつまらないものの観察なのである。それでは、ここでこの「色合いのない（hueless）」あるいは、「色あせて特色のない（faded and featureless）」（X, 439）と形容されるりんご売りの老人を、語り手であるホーソーンがどの様に観察していくのかを見てみよう。

この老人はある鉄道の駅で、ジンジャーブレッドとりんごの小商いをしているのだが、列車の出発を待っている語り手の目は、その場の様々なにぎやかさに捕らわれることはあっても、どういうわけか我知らずその老人の上に繁く注がれるのであった。かくして自分も気づかず、また当の老人に疑われることもない「心の目（the mental eye）」による凝視の結果、その老人は語り手の内面的世界の「帰化した市民（a naturalized citizen）」（X, 439）となるのである。ここにこそ、全く自己を空しくし、その対象に没入できる真の芸術家の魂を読み取れるのではなかろうか。その代表的な例は、税関の二階で古文書の中からふと見つけ出した緋文字Aのドラマを読み込んでいこうとする作者の想像力が、その文字に生命を吹き込んでいく過程の中によく見られるであろう。また、短篇「雪人形——子どもらしい奇跡」では、雪人形に生命を与えていく子どもたち、つまり作者の想像力が、芸術家の真価を問うているのであり、「美の芸術家」（"The Artist of the Beautiful," 1844）のオーエン・ウォーランド（Owen Warland）の彫心鏤骨の傑作「美蝶」は、生命の瞬間に輝きを放つのである。従って、ホーソーンにとっては、ある意味でナンセンスで取るに足りないものに対する「共感（sympathy）」が全てであったように思われる。『タングルウッド物語』（*Tanglewood Tales*, 1853）の「路傍」（"The Wayside"）、あるいは『大理石の牧神』の中の言葉で言うならば、「途方もなく大きな人間的共感（a vast deal of human sympathy）（VII［*A Wonder Book and Tanglewood Tales*］, 206–07/IV, 40）こそが、求められているのである。そしてまた、同時代を生きたメルヴィル（Herman Melville）の激賞が表されているエッセイ「ホーソーンと彼の苔」（"Hawthorne and His Mosses," 1850）において、メルヴィルの慧眼はホーソーンの共感する力に共鳴するのだ。

「りんご売りの老人」という短篇は、このうえなく微妙な、悲哀の精神で綴られている。「沈んで活気のない少年時代が、彼の発育不全たる壮年期を予表しており、壮年期自体の内にも、痩せこけて無気力な老年期の預言と面影が含まれていた」人物をめぐる物語である。この作品にみられるこのような筆致は、凡人の手から生まれるものではなく、途方もなく深い優しさや、存在する全てのものに対する途方もなく無限な共感、途方もなく遍在する愛を示している。かくて私たちは、このようにいわねばならないのだ。このホーソーンは、彼の世代にあって、ほとんど唯一無二の存在である——すくなくとも、こうしたことを芸術的に表現するという点においては——、と。[4]（190–91）

このりんご売りの老人の本質は、「沈んで活気のない（subdued and nerveless）」（X, 443）ところにあるのであり、メルヴィルが指摘した一文というものは、ホーソーンの共感的な想像力の明白な証左となっている。なぜならば、そこでホーソーンは、少年・壮年・老年時代という人生の大きな三つのポイントを同時的に把握し、それを途切れることのない生命の流れの中に描写することができているからである。老人の生命は、沈んだ悲しげな色調で貫かれているのであり、そこに深い共感を覚えることのできる人間は、ホーソーンのように孤独の深淵を覗いたことのある人だけであろう。メルヴィルは、そこにホーソーンの「途方もなく深い優しさ（such a depth of tenderness）」、「存在する全てのものに対する途方もなく無限な共感（such a boundless sympathy with all forms of being）」、そして「途方もなく遍在する愛（such an omnipresent love）」というものを見出しているのである。

かくして、ワゴナーも言う通り、このような色合いのない老人を叙述しようとする時、作家は「芸術家に対する挑戦（an challenge to the artist）」（*The Presence of Hawthorne* 22）としてのその主題に切り込む力量を試されているのである。しかしながら、あれやこれやの想像力の駆使にもかかわらず、ホーソーンはこの老人に生命を与えることが困難であることを告白している。なぜならば、この肖像画は極力「消極的（negative）」に描かれねばならないのであり、絵の具で色をつけること自体が矛盾した行為となるからなのである。そして、ホーソーンは、「あらゆる一筆も抑制されねばならない。さもなければ、全体の効果にとって絶対に必須である沈んだ調子をぶち壊すことになるのだ」（X, 444）と述べている。そこで考え出されたのが、コントラストということであった。直接的に対象を描くのではなく、比較対照することによってその対象を把握しようとするのである。ここにホーソーン自身が、『アメリカン・ノートブックス』（*The American Notebooks*）で「レンブラントの絵のように（like a Rembrandt picture）」（VIII［*The American Notebooks*］, 259）と記述するところの明暗法による描写が、比喩的な意味で巧みに利用されることになるのだ。まずホーソーンは、そのコントラストとして選んだ老人と同業の少年からは、光を借りて来ることはできなかった。なぜならば、「でしゃばりな声で（in a pert voice）」（X, 444）、あるいは「かなりでしゃばって（with a pretty pertness）」（X, 445）という表現に見られるその少年の「でしゃばりな（pert）」様子があまりにも鼻につきすぎたからであろう。再度の彼の光を借りて来る努力は、駅に入って来た蒸気機関車のたてるけたたましい騒音の中で、その老人を観察することによって報われるのである。老人を好んで題材としたレンブラントのような画家が肖像画を描こうとする時、対象となる人物の顔に当たる光はどこからつかまえてくるのだろうか。背景の暗さと顔にさす光の明るさとの微妙なコントラストこそが、明暗法であるのだが、その光の質自体にもすでに明と暗を比較対照する画家の眼があるはずであろう。なぜならば、対象となる人物の魂に共感し、それを画布の上に表現する画家の眼は、その魂の中の明暗を自己の全ての経験に即して直観的に捕捉しているからである。従って、一幅の肖像画の構図は、枠組みとしての明暗法と光の当たる顔、あるいは手の部分に表出される明暗法との二重性の上に成り立つのである。肖像画という凝縮された世界には、ホーソーンがそのりんご売りの老人の対照物として発見した蒸気機関車は収めることはできない。画家ではない作家ホーソーンは、「言葉の絵の具（word-painting）」によってその老人を照らし出す光を描くしかないのである。

旅行者たちが列車から続々と降りてくる。どの人にも、自分が運ばれてきた汽車の勢いがついている。まるで世界中が、精神も肉体も含めて従来の固定された位置から外れ、急激に動き始めたような具合だ。この恐ろしいくらい活発な動きの中にジンジャーブレッドを商う老人は坐っている——控え目で望みがなく、人生との関わりさえないとはいえ惨めそのものというわけでもない——彼は、うらぶれ老いたる人物は、そこに坐って、陰鬱で寒々とした毎日を過ごし、ケーキやキャンディやりんごを売ってわずかな金を稼ぐ——嗅ぎたばこのような黄褐色と灰色の混じった見すぼらしい洋服を着込み、胡麻塩の無精ひげを生やしたりんご売りの老人はそこに坐っている。見たまえ！　痩せた両腕を痩せた躰に巻きつけ、あの静かな溜め息を漏らし、殆ど分からないほどのあのかすかな身震いをしている。溜め息と身震いが彼の内なる状態を示す印なのだ。これでこの老人のことが分かったぞ。老人と蒸気の悪魔はお互いに正反対のものなのだ。後者は進歩するすべての物の象徴であり——老人は、ある悲しい魔法によって世界の喜び勇む進歩に与ることが決してないように運命づけられたもの悲しい階級の象徴なのだ。かくして人類とこの孤独な人物とのコントラストは、絵のように美しく、いや崇高でさえあるのだ。（X, 445–46）

蒸気機関車のことを言う「蒸気の悪魔（the steam-fiend）」という表現は、些か大仰で否定的にとらえられているようだが、十八世紀後半の英国の産業革命の象徴的産物として、充分にホーソーンの生きた時代の人々にはすさまじい轟音を立てる黒い悪魔と見えたことであろう。しかし、ここでホーソーンはその悪魔を否定しているわけではないだろう。なぜならば、引用文の少し前でそれを説明するのに、「人間が魔法の呪文をかけて制御し、重荷を運ぶ獣としての仕事を強いているところの蒸気の悪魔（the steam-fiend, whom man has subdued by magic spells, and compels to serve as a beast of burden）」（X, 445）と言う限りにおいては、人間と機械の主従関係の均衡は保たれているからである。それよりもホーソーンがこの場で求めていたものは、件の捉えがたく色合いのない老人を浮き上がらせ得る光であり、躍動感のある〈動き〉であったのだ。しかし、確かに、「まるで世界中が、精神も肉体も含めて従来の固定された位置から外れ、急激に動き始めたような具合だ」という陳述には、古い価値観からの離反と急速な動きの中の位置というものに対するホーソーンの戸惑いが感じられはするが、それ以上にそこには現実を否定するのではなく、あるがままにそれを直視する作者の姿が見られるのである。そのような「恐ろしいくらい活発な動き（terrible activity）」という現実のただ中に、その年老いたりんご売りは座っているのだ。そして、その老人が痩せた体に痩せた両腕を回そうとする瞬間、ホーソーンは「あの静かな溜め息（that quiet sigh）」と「殆ど分からないほどのあのかすかな身震い（that scarcely perceptible shiver）」を捉えるのである。これこそが人間の生の証であり、魂の震えなのである。いかにネガティヴで悲しい色に染まっていても、機械ではないその老人にはひとつの魂があり、冒すべからざる尊厳があるのだ。ついにホーソーンはひとつの認識に達したのだった。「進歩するすべての物の象徴」である蒸気機関車と、「ある悲しい魔法によって世界の喜び勇む進歩に与ることが決してないように運命づけられたもの悲しい階級の象徴」である老人とは、「お互いに正反対のもの」なのだ。かくして、正反対のもののコントラスが、「絵のように美しく(picturesque)」、「崇高でさえある(even sublime)」ようになるのである。ここで、ホーソーンが"steam-fiend"を"mankind"と言い換えた意図は明白だ。蒸気機関車とは、人類の知性の象徴にすぎず、この孤独な老人に対置されるべきは、人類だからである。では、ホーソーンは"picturesque"と"sublime"という言葉にどのような意味を込めたのだろうか。筆者はその論拠をバークの『崇高と美の観念の起原』に求めようと思う。

我々が以上崇高と美の効果と原因について述べて来た全部のことをもう一度ここで振り返って見ると、崇高と美は互いに全く異なった原理にもとづいて成立しており従ってそれが惹き起す感動もまた互いに異なること、偉大はその基礎に恐怖を有し、この恐怖が柔らげられる時には心の中に私がかつて驚愕と呼んだ情緒を生ぜしめること、これに反して美は単なる積極的な喜びにもとづいており魂の中に愛と呼ばれる感情を生み出すものであること等々が明らかにされたと思われる。[5]（一六〇頁）

まず、"sublime"について、バークはそれがその基に「恐怖（terror）」を有し、この「恐怖」が和らげられる時には「驚愕（astonishment）」という情緒を心中に生ぜしめる、と言っている。これをホーソーンのスケッチに表出された"sublime"に適用するならば、次のように言えないだろうか。つまり、この主人公の老人と同じ人間が、このような「蒸気の悪魔」を作り出し得たことが、「恐怖」や「驚愕」という情緒を生み出したのだ、と。そして、ホーソーンは、その情緒を絶えず前進する人間の知性と、ひとつの孤独な魂とのコントラストの中に見出したのである。それでは、"picturesque"はどうであろうか。ここには、芸術の全ての美学的な問題があるように思われる。つまり、「美（the beautiful）」が依って立つところの「単なる積極的な喜び（mere positive pleasure）」を生み出し得るかが、芸術家の真価に関わってくるからである。ホーソーンは、このスケッチにおいて、"negative"という一語で象徴されるりんご売りの老人を〈明暗法〉というコントラストによって、"positive"な存在に変換させることに成功したのである。陰画を陽画に変換する力こそが、「共感」なのであり、その変換は相対立するコントラストの上に成り立つのだ。そして、ホーソーンは、「単なる積極的な喜び」として、「美」をそのコントラストの中に発見するのである。また、その「単なる積極的な喜び」とは、おそらく根底において、「愛（love）」と深く結び付いているのだ。バークに従うならば、「美」が魂の中に「愛」を生み出す、ということになるが、美を求める心と愛する心とは、コインの表裏のように一体であり、どちらも「共感」によって裏打ちされていると思われる。そして、その共感する想像力の深さ、あるいは勁さを実証しているのが、このスケッチの最後のパラグラフなのである。ワゴナーが、「結末の言葉は明白に宗教的なものであるが、その美学的な含みは十分明瞭に出ている（The language of the ending is explicitly religious, but the aesthetic implications of it are clear enough）」（*Presence* 23）と述べているように、ここには、ホーソーンが一老人を対象にして求めてきた「美」をすら相対化するモラルが表出されており、その「宗教的なもの」と「美学的な含み」は、絶妙なバランスの上に成り立っている。そしてそれは、このスケッチの冒頭で語られた「精神の美しい絵《モラル・ピクチャレスク》」に呼応しているのである。さて、そのモラルとは何か？　つまり、それは老人のことが解ったと言っても、本当にその人間の心を摑めた訳ではないということなのだ。蒸気機関車のような機械ではない人間の心を理解できるとすることが不遜なのである。なぜならば、「人間の魂、そして永遠性というもののはかり知れない深みは、あなたの胸の中に通路をもっている（the soundless depths of the human soul, and of eternity, have an opening through your breast）」（X, 446）からである。この魂の深みという表現は、充分に宗教的であり、道徳的であろう。そして、この老人の中には、無限なる天に向かって飛んで行く「精神の本質（a spiritual essence）」（X, 446）があるのだ、というモラルは、イーサン・ブランド（Ethan Brand）が最後に飛び込んだ石灰窯の中に、心臓の形をした石灰を自分の骸骨のあばらのあたりに残すほど深く犯してしまった「許されざる罪」に対する真剣な警告となっているように思われる。知性を愛しすぎ、己の魂を悪魔に売ってしまい、全くの「冷たい観察者（a cold observer）」（XI, 99）となったイーサン・ブランドのように、ホーソーンがならない保証があっただろうか。他のいくつもの短篇において、執拗なまでに心の闇を見続け、それに怯えている作者の姿を見る時、モラルとしての「精神の本質」が、どれだけ重要な思想としてホーソーンの中にあったかがわかる。しかし、「言葉の絵の具」によって「美」、あるいは「真実」を探究する作家という芸術家は、何かを創造するという意味において、すでにモラルに反することをしているのである。このような「美」を求める心とモラルとの葛藤は、ピューリタンの末裔であるホーソーンには特に大きかったであろう。そしてまた、次のファイデルスンの一節は、分裂したホーソーンの精神を、時代との関係から照射しているように思われる。

ホーソーンの象徴的想像力は十九世紀のものではあったが、彼の自覚していた思想は十八世紀のものであった。「虚構」と「現実《リアリティ》」、「空想」と「事実」、「想像」と「現実《アクチュアリティ》」などをいつも対立させる彼の批評用語は十八世紀の常套語を十九世紀の芸術に適用したものであって、同じ様に、十八世紀の理性を反合理的な感受性に適用した結果産み出されたのが彼のアレゴリカルな手法だったのだ。(6)(16)

かくして、「りんご売りの老人」においてホーソーンは、共感的な想像力によって、蒸気機関車を作った人類とこの孤独な老人という〈美的コントラスト〉を発見したのである。そして、ホーソーンは、コントラストの中にしか〈絶対性〉は存在しないのだ、と語っているように思われる。つまり、「美」をコントラストの中に求めていくように、ひとつのものに絶対性を見ないというホーソーンの相対主義は、芸術の求める「美」に耽溺することの恐れにモラルを課さざるを得ないのである。しかし、そのモラルは、「美」を相対化すると同時に、その「美」によっても相対化されているのだ。なぜならば、「美」を求める共感的な心がなければ、そのモラルにさえ本質的な意味で到達できないからである。そして、この相対立するものをその矛盾のままに受容し得る能力が、ホーソーンのもつキーツ的な「消極的能力」であり、それはその言葉こそ使っていないが、次のワゴナーの「りんご売りの老人」についての結論の中にも充分読み取れるように思われる。

神のような知識の想定は、等しく芸術家も人間も破滅させ得るのである。知識というものは、それによって支配の可能性をもたらすのであり、そして芸術家は、自らの媒体を統御することでその主題を支配しなければならないのである。しかし、もし彼が神秘の要素を省いたり、知り得ないことを知っていると考えるならば、彼は真実を偽ることになるのだ。故に、芸術家が特に陥りがちな過ちは、芸術家と人間の両方を脅かすのである。（*Presence* 24　傍点筆者）

「神秘の要素（the element of mystery）」を省いたり、「知り得ないこと（the unknowable）」を知っていると思い込むこと、つまり、「神のような知識（godlike knowledge）」を人間である芸術家がもっていると錯覚した時、悲劇が生まれるであろう。言葉という表現手段により「美」なり、「真実」を探究していく芸術家が、その言葉のもつ、あるいはもたざるを得ない〈特権性〉にどれだけ自覚的・内省的であるかが、その芸術家の偉大さを計る尺度になり得るであろう。キーツがシェイクスピアに多くを認めた「消極的能力」とは、「人間が事実と理由をいらだちながら追求するのではなく、不安と神秘と疑念をいだいたままでいられる」（71）状態が、その条件となっているのだ。従って、ワゴナーの指摘する「神秘の要素」という言葉にこそ、我々はキーツの言う「消極的能力」を想起することが可能であろう。そして、ホーソーンの場合、その「消極的能力」は、“the moral picturesque”というオクシモロン的な認識方法によって代表されるのだ。ホーソーンの曖昧性に耐えているような文体は、「精神の美しい絵《モラル・ピクチャレスク》」を求める心で貫かれているのであり、その想像力は“moral”と“picturesque”という、相反する両極の緊張に耐える働きなのである。

注

（1）「りんご売りの老人」の邦訳は、國重純二訳『ホーソーン短編全集第Ⅲ巻』（南雲堂）に拠ったが、適宜、筆者による変更を加えている。

（2）アベル（Darrel Abel）は、*The Moral Picturesque: Studies in Hawthorne's Fiction*（Indiana: Purdue University Press, 1988）の“Introduction”において、“This（=The moral picturesque）was a mode of figuration of the archetypal experiences that his psychological preoccupations discovered”（1）と、または“The moral picturesque "was an attempt to express meanings through figures rather than in explicit statement"（2）というように解釈している。

（3）ホーソーンが『崇高と美の観念の起原』を含むバークの著作集をセイラムの図書館から借りたのは、一八二八年十一月十五日から三十日までであった。（Marion L. Kesselring, *Hawthorne's Reading, 1828–1850*, rpt. the 1949 ed. ［New York: Haskell House Publishers Ltd., 1975］, 45）

（4）「ホーソーンと彼の苔」の邦訳は、橋本安央著『痕跡と祈り―メルヴィルの小説世界』（松柏社）所収の訳に拠ったが、適宜、筆者による変更を加えている。

（5）原文は、"On a review of all that has been said of the effects, as well as the causes of both; it will appear, that the sublime and beautiful are built on principles very different, and that their affections are as different: the great has terror for its basis; which, when it is modified, causes that emotion in the mind, which I have called astonishment; the beautiful is founded on mere positive pleasure, and excites in the soul that feeling, which is called love"（160）である。

（6）ファイデルスンの邦訳は、山岸康司・村上清敏・青山義孝共訳『象徴主義とアメリカ文学』（旺史社）に拠る。

第八章　ウェイクフィールドの「新しい鬘」
――身体の幻想／幻想の身体

ウェイクフィールド（Wakefield）はなぜ「深い熟慮の末（as the result of deep deliberation）」、「新しい鬘（a new wig）」（IX, 135）を買ったのであろうか。この短篇の語り手は、プロット上の「なぜ」を語ることはなく、ただ「虚構」を積み上げていくのみである。かつて昔読んだ雑誌か新聞の記事にあった失踪者の事件は、語り手の知的好奇心を大いにかきたてたのであり、その失踪の発端と経過と結末を語り手なりに再構築してゆくのである。語り手は、前例もなく、二度と繰り返されることもない極めて特殊な事件ではあるが、どこか「人類の一般的な共感（the general sympathies of mankind）」（IX, 131）に訴えてくるものがこの事件にはあると直感するのである。妻の元から失踪していた二十年間をまるで「一日の不在（a day's absence）」と等価のものであったかのようにウェイクフィールドはわが家に帰宅し、死ぬまで「誠実な配偶者

(a loving spouse)」(IX, 130) であったのだ。眉に唾をつけたくなるような成り行きではあるが、語り手は真剣である。『緋文字』の「税関」で語り手自らが発見した緋色の文字Aにグイグイと引き込まれていったように、「ウェイクフィールド」("Wakefield," 1835) の語り手もこの事件の底流に「行きわたっている精神と教訓 (a pervading spirit and a moral)」のあることを信じつつ、次のように言うのである。

思考には、常にそれなりの効果があり、人目を引くほどの事件には必ず独自の教訓が含まれているものです。(1) (IX, 131)

「思考 (thought)」とは、物を考えるということであるが、語り手のそれは共感的な想像力であると言い換えてもいいだろう。共感あるいは共鳴できない対象物に我々人間は知的関心のベクトルを向けることはできない。物は考えれば考えただけの「効果 (efficacy)」を生み、際立った事件というものはどんなものであれ、その「教訓 (moral)」をもつと語り手は言うのである。そして、このホーソーンの短篇「ウェイクフィールド」の共感的な想像力は、「新しい鬘」から生まれているように思われる。つまり、「新しい鬘」ひとつが露呈してしまう人間の生存の危うさこそが、この作品のアルファであり、オメガであるのだ。鬘の文化史についてはここで多くは語れないが、この作品の舞台となっている十九世紀初頭のロンドンにおいて、鬘着用はごく当たり前のことであったろう。だからこそ、ウェイクフィールドは「新しい鬘」、それも赤毛のものを購入し、さらにはユダヤ人の古着商からいつも着る茶系のスーツとは異なる型の衣服を見繕うのである。念を入れてボロをまといはしたが、変装の決め手はやはり「新しい鬘」であったのだ。そして、それだけでウェイクフィールドは「別人（another man）」（IX, 135）となってしまいもう後には退けないのである。

かくして新しいシステムが確立された以上、旧来のものへの逆行は、彼をこの前代未聞の立場に追いやった初めの一歩に負けぬくらい難しいにちがいありません。（IX, 135–36 以下、傍点筆者）

「新しいシステム」（the new system）」とは、「新しい身体」という意味であり、それは「新しい鬘」を着用した時に確立されたのだ。そうなった以上、「古い身体（the old［system］）」への後戻りは、「前代未聞の立場（unparalleled position）」にウェイクフィールドを置いた初めの

「一歩（the step)」とほとんど同じくらい困難であろうというのだ。その初めの「一歩」とは、家出をしたウェイクフィールドが翌朝全く無意識のうちに（あるいは、習慣的に）自宅の戸口にたどり着いてしまい、自分の足音にハッと我にかえった後の「彼の最初の後ずさりの一歩（his first backward step)」（IX, 134）のことである。では、システムとはなんだろうか。ミクロ的には人間の身体組織から始まって、家族組織、共同体組織、国家組織、地球組織、そしてマクロ的には太陽系や銀河系などの宇宙組織にまでわたる広範囲の体系と考えることができよう。予定説的にみれば我々個人は、この壮大なるシステムの連鎖に組み込まれた「かくも無数の人間という原子（a thousand such atoms of mortality)」（IX, 135）のひとつの原子にすぎないのだろうか。人間としての居場所というものは、神の摂理によって決められているのだろうか。ここで、「ウェイクフィールド」の中の語り手が、自らの共感的な想像力によって紡いだこの物語の最後に付けた「教訓（a moral)」、あるいは「象徴（a figure)」を注意深く見てみよう。

一見混乱しきったぼくたちの神秘の世界にあっては、個々の人間は実に見事にひとつの組織と溶けあい、その組織は別の組織と溶けあい、更に全体と溶けあっているので、一瞬でも脱線すれば、永遠に自分の居場所を失うという恐ろしい危険に自らを晒すことになる

のです。その人は、ウェイクフィールドのように、いわば「宇宙の追放者」になるかもしれないのです。(IX, 140)

ここで語り手は、我々人間は、システムの連鎖、あるいは予定調和的な世界から一瞬でも逸脱してはならないと言うのであるが、それは表層的な「教訓」であるように思われる。この教訓は、納得のいくものではあるが、我々が自らの身体を含めてシステムと考えているものが、すべて〈幻想〉なのかもしれないのだ。ウェイクフィールドは、自己の身体の幻想を認識することによって、あるいは幻想の身体を生きることによって、システム全体への問いかけをしてしまった。その彼の卑小さにもかかわらず、彼は現代の「英雄の性格(hero's character)」(IX, 131)をもった人物なのだ。誰が他に「宇宙の追放者(the Outcast of the Universe)」になり得たのか。ウェイクフィールドは、身体のトポス(場所)を賭けて、人間の生の営みそのものの幻想性を悲劇的に、あるいは批評的に解読する契機を我々に突きつけているのだ。ウェイクフィールドの狂気は、システムの幻想をうがつのである。つまり、「新しい鬘」ひとつで精神的変貌を遂げ得ることを証明したウェイクフィールドは、人間の作り出すシステムの幻想性を露呈させたのである。家と共同体の狭間に断ち切られた「身体」としてさまようことによって、ウェイクフィールドは日常的なシステムに「隙間（the aperture）」（IX, 132）を開けたのだ。そして、その「隙間」とは、ウェイクフィールドが旅立つときに閉めた後すぐにチラッとだけ開けた家の玄関のドアのそれに象徴されるのである。家庭というシステムに「隙間」を開けてみようという出来心は、その時妻に垣間見られたニヤリと笑いかけるウェイクフィールドの顔に明らかなのだ。彼のこの象徴的な行為は、残像としていつまでもウェイクフィールド夫人の網膜に焼き付けられ、彼女は夫の生存の可能性を完全には否定しきれないのであった。そして、とにかくウェイクフィールドは、家に帰る日を先送りし続けざるを得なくなったのである。つまり、秩序と混沌の二項対立で見れば、この世はむしろ後者に満ちあふれていることを彼は身をもって示したのだ。「我々の不可解な世界（our mysterious world）」は、外見だけではなく内面も混沌としているのである。また、ウェイクフィールドの取った一連の行動は、「日常性からの逸脱」という言葉で要約できると思うが、その日常性を飛び出す弾みは、語り手の「想像力というものは、その言葉の正しい意味において、ウェイクフィールドの才能の一部にはなかった（Imagination, in the proper meaning of the term, made no part of Wakefield's gifts）」（IX, 131）という説明にもかかわらず、ある意味で極めて芸術家的な衝動であったろう。なぜならば、芸術とはその根元に非日常（混沌）への憧憬があるのであり、芸術家はその憧憬を虚構化することによって日常的な秩序に疑問を突きつけつつ、自己の、ひいては人間の生命の価値を確認するからである。ただし、ウェイクフィールドの場合、彼の生命の価値は途轍もなくネガティブにしか語られないのだ。そしてまた、ホーソーンのロマンス論に従えば、「現実（the Actual）」と「想像（the Imaginary）」の狭間の「中間領域」にウェイクフィールドは自らの「身体」を置いたとも言えよう。しかし、彼の置かれた状況には、現実と想像が入り交じる相互交流のオーラはない。彼の「身体」のありかは、次のように極めて特異なのである。

彼は意図的に、いやむしろ偶然そうなったと言うべきかもしれないのですが、世間から自分を切り離し――姿を消し――死者の仲間に加わることを許されぬまま、生きている人々の世界での自分の地位や特権を放棄してしまったのです。（IX, 138）

必然よりもむしろ偶然によって、彼は彼自身を世間から切り離し、消えたのである。しかし、死者の仲間に入った訳ではない。生者との関係を一切断ち切ってこの世に生きることができるのかどうかの疑問は残るにしても、彼の「身体」はまるで透明でもあるかのようである。このような彼の透明性は、存在と非存在を同時的に表し得るゼロを象徴しているように思われる。(2)

また、一個体としての生存をあきらめ、ゼロ個体としてのそれを引き受けたようにも思われる。生者と死者の狭間にあって、ウェイクフィールドはゼロ度の「身体」を体現しているのである。ここでいうゼロ度とは、すべての意味を溶解してしまう特殊にして普遍的な〈夢〉のようなものと考えておきたい。ユング（Carl Gustav Jung, 1875–1961）の言うように、文学が夢であるとするならば、古来人は夢を語ることによって、この世に存在するすべてのものの意味に疑問符を投げかけてきたと言えるであろう。ウェイクフィールドは、ある晩（あるいは、幾晩か）夢に見たことを実行に移したのではないだろうか。では、何のためにだろうか。それはこの世における自らの存在の意味を問いたかったからなのだ。自分が突然近親者のサークルから消えることによって、自らの存在の重みを知りたかったのだろう。しかし、その結果彼が知り得たことは、存在自体の軽さ、つまり無意味さであったのだ。この皮肉な認識は、途轍もなく悲劇的ではある。だが、夢見る力の有効性をウェイクフィールドは伝えているのだ。つまり、あるようでないような夢のような存在として生きたウェイクフィールドは、この世のすべてのシステムの幻想性を立証し得る存在なのである。「かくも無数の人間という原子の中で」、継ぎ手をもたぬ一原子として、幻想の身体を体現しているウェイクフィールドは、この世のシステムの幻想を二十年間さまよい生きることによって、そのシステムのもってしまう意味の幻想性を暴く力をもつのだ。彼は、「宇宙の追放者」であったからこそ、意味の幻想性（あるいは、意味のゼロ度）を喚起し続けているのだ。

では、ウェイクフィールドはどうして彼の当たり前の日常から消えたのだろうか。次の文章を見てみよう。

十頁足らずの小品でなく、二つ折り本を書きあげたい！　そうなれば、我々人間の意のままにならぬ力が人間のあらゆる行為をがっちりと捉え、そうした行為から生まれる結果を必然という鉄の生地に織りあげてしまうことが例証できるかもしれません。ウェイクフィールドは呪文で雁字搦めになっています。（IX, 136–7）

ウェイクフィールドの「大きな精神的変化（a great moral change）」（IX, 135）をもたらした原因は、「我々人間の意のままにならぬ力（an influence, beyond our control）」であったというのだ。そして、それがウェイクフィールドの行動をしっかりと掴み、その結果を「必然という鉄の生地（an iron tissue of necessity）」に織り込んでしまい、ウェイクフィールドを呪縛したのだと語り手は説明する。ウェイクフィールドは、誰が考えても突飛な行動を取れるような人ではなかった。しかし、彼の妻だけは彼の性格を分析こそしたことはなかったが、次の四つの点には幾分か気付いていていたのである。

妻は、別に彼の性格分析をやってみたわけではありませんが、動きの鈍い頭の中で錆ついてしまった目立たない利己主義、彼の属性のうち一番気にかかる一種特有の虚栄心、そして何かと悪知恵を働かそうとする性癖――といってもせいぜいが明かしたところでどうということもないけちな秘密を後生大事にする性癖のことに薄々気づいていました。更に、ちょっと風変りな所もこの善良な男にはときどき見られました。妻は風変りと呼んでいますが、それがどのようなものかは説明しがたく、おそらくは存在しないかもしれません。

(IX, 131–2)

「目立たない利己主義(a quiet selfishness)」、「一種特有の虚栄心(a peculiar sort of vanity)」、そして「悪知恵を働かそうとする性癖(a disposition to craft)」という三つの気質に我々読者は、現代の人間の卑小さの典型を見ることができると思われる。つまり、我々はウェイクフィールドに彼の特異性よりはむしろ誰にもありそうな普遍性を感じる。ここで一番注目すべきは、最後の特質である「ちょっと風変りな所（a little strangeness）」なのである。なぜならば、その特質が「説明しがたく、おそらくは存在しない（indefinable, and perhaps non-existent）」からである。説明（定義）できないからといって存在しないと果たして言い得るであろうか。「ちょっと風変りな所」として妻が感じるものがあるはずなのだ。その説明（定義）できないなにものかが幻想なのであり、それがウェイクフィールドをして失踪させたのだ。そして、その幻想が身体的に発現する様態が次のように描かれるのだ。

見事な逃亡ぶりではありませんか！　彼は勇気をふるって立ちどまり、家の方を窺ってみます。見慣れた建物が発するいつもと違った感じに当惑を覚えました。何か月か、あるいは何年かぶりに、かつて親しんだ山とか湖、美術品を再び目にするときに誰もが襲われるあの感じです。普通の場合、この言葉で言い表せない印象は、我々の不完全な記憶と現実とを比較対照することによってもたらされます。ウェイクフィールドの場合は、たった一晩の魔法によって同じような質の変化が生みだされたのです、何故なら一夜という短い間に、大きな精神的変化がもたらされたからです。けれども、このことは彼自身には分かっていません。（IX, 135）

「我々の不完全な記憶（our imperfect reminiscences）」と「現実（the reality）」との比較対照によって、引き起こされる「違った感じ（a sense of change）」という「この言葉で言い表せない印象（this indescribable impression）」は、通例、自己とその対象物との「何か月か、あるいは何年か（months or years）」の時間的経過を必要とするのだが、「たった一晩の魔法（the magic of a single night）」がウェイクフィールドの「大きな精神的変化（a great moral change）」を引き起こしたのだ。"this indescribable impression" という句の "indescribable" というのは、「言葉で言い表せない」のではあるが、実際に人間がもつ印象（経験）なのだ。また、言葉で言い表せないのだが、実在する何か、というものが、幻想なのである。語り手が、「彼の思考はめったに言葉を捉えるほど精力的ではなかった（his thoughts were seldom so energetic as to seize hold of words）」（IX, 131）という時、ウェイクフィールドの「思考」と「言葉」の連結性の弱さが指摘されるのだが、まさしくここに「思考」と「言葉」との「一対一」対応（思考の写像としての言葉）の関係が極めてルースになっている幻想領域が広がっているのだ。逆にその連結性の強さを例証しているのは、「偉大なる岩の顔」（"The Great Stone Face," 1850）におけるアーネスト（Ernest）であると思われる。そして、それは年老いたアーネストが説教者として民衆に語りかける様子を描いた最後のクライマックスで明示されるのだ。そこでは、「言葉（words）」

と「思考（thoughts）」の幸福な、あるいは理想的な一致が見られる。人間の発する言葉が真正な「力（power）」をもつためには、その言葉が思考と一致していなければならないのであり、その思考は実人生と調和しているが故に、「真実味と深み（reality and depth）」（XI, 47）を持つのである。ここでは、ただ辻褄の合った思考だけが求められているのではない。言葉というものは、えてしてそれが思考と「一対一」で直結する時、「力」あるいは「権力」を持つものである。なぜならば、我々人間は言葉に呪縛される動物であるからだ。言葉あるいは思考の論理性だけが求められてはならないのであり、その論理性を裏打ちする実人生から滲み出る「生命《いのち》の言葉（the words of life）」こそが求められるのである。そして、その言葉は「善行と神聖なる愛（good deeds and holy love）」の人生を歩む者にしか与えられないのだ（XI, 47）。この「身体の理想／理想の身体」を体現しているのが、まさしくアーネストであり、この人物こそが語り手、ひいては作家ホーソーンの牧歌的なヒーローでもあったと思われる。そして、この極北に位置する者こそが、ある意味で都会的なヒーローでもあるウェイクフィールドではないだろうか。なぜならば、彼は自己と分身の分裂という「身体の幻想／幻想の身体」を生ききったからである。確かに、アーネストにとって偉大なる岩の顔は彼の分身ではあったが、その分裂はアイデンティティの危機にはつながらないのだ。なぜならば、アーネストの眼差しは常に他者の理想へ向かうからである。それに対して、ウェイクフィールドの眼差しは絶えず自己の内面へ向かうのだ。そして、彼の「思考」と「言葉」の不幸な不一致は、自己が自己でなくなるというカフカ（Franz Kafka, 1883–1924）のグレーゴル・ザムザ的な実存を予表してもいるのである。[3] この不安な実存は、極めて現代的なものであり、その根底には「思考」と「言葉」の一致に対する懐疑があるように思われる。この懐疑に必然的かつ偶然的に直面せざるを得ない状況を現出させたのは、ウェイクフィールド自身の身体なのであり、その身体は自らのトポス（場所）を求めて幻想の中を二十年間さまよい続けたのである。そして、現代の都会的なヒーローであるウェイクフィールドの出奔のほんとうの理由は、語り手の指摘する彼の「思考」と「言葉」の連結性の弱さにあったと思われる。つまり、彼は、思考を言語化できない故にこそ、幻想の中に滑り込みやすい身体を持っていたのである。例えて言うならば、身体とは、幻想という大海に浮かんだ小島なのだ。思考と言葉との直結性が途切れた時、身体は幻想領域に流出してゆくのである。また、次の引用を見てみよう。

翌朝普段より早起きして、彼はこれから一体何をするつもりなのかと考えはじめました。彼の散漫でとりとめのない思考方法がゆえに、彼なりの目的意識を持って今回の実に奇妙な第一歩を踏みだしたものの、その目的なるものをかくかくしかじかと言語化できず、従って何をするつもりか考えようにも考えられない始末でした。計画が曖昧なのも、必死の力を振りしぼってしゃにむに計画を実行に移したのも、どちらも意志薄弱な男の特徴です。（IX, 134）

「彼の散漫でとりとめのない思考方法（his loose and rambling modes of thought）」は、「目的意識（the consciousness of a purpose）」はあってもそれを言語化（"to define it"）し得ないのだ。よって、語り手も言うように、ウェイクフィールドは「意志薄弱な男（a feeble-minded man）」なのであるが、彼のこころ（頭）の弱さはどこからくるのだろうか。それは、自分の身体に対する幻想感なのではなかろうか。[4] 身体の現実感を求めていく内に、幻想の中に落ち込み、その幻想の身体の深い意味にさらされたのだ。我々が身体と考えているものは、幻想なのかもしれないという恐ろしい現実を生き抜いたのは、ウェイクフィールドしかいないのだ。そして、彼の身体の在り様は次のように描写されるのである。

彼は首を項垂れ、世間に正面切った顔を晒したくないといった様子で、説明しようのない

斜め歩きで歩いています。（IX, 137）

これは、十年後妻と鉢合わせする時のウェイクフィールドの様子の一部であるが、ここに見られる「説明しようのない斜め歩き（an indescribable obliquity of gait）」こそが、幻想の身体と化した人間の「説明しようのなさ」を伝えていると思われる。ウェイクフィールドという存在は、この"indescribable"、または"indefinable"という語で形容されるしかないのだが、彼が自ら選び取った「新しい鬘[5]」は、我々人間の身体の幻想、あるいは、幻想の身体を寓意しているのだ。そして、幻想の中にしか生きることができない我々人間の身体を、我々が生を営むこの"field"（場）において"wake"（目覚めさせる）ためにウェイクフィールドはいるのだ。

注

（1）「ウェイクフィールド」の邦訳は、國重純二訳『ホーソーン短編全集第Ⅰ巻』（南雲堂）に拠ったが、適宜、筆者による変更を加えている。

（2）カンディンスキー（Wassily Kandinsky, 1866–1944）は、絵画の基礎理論である『点・線・面』（美術出版社、一九七九年）において、「ゼロ」としての点の意味を伝えるために、「幾何学上の点は、眼に見えぬ存在である。したがってそれは、非物質的な存在、と定義せざるをえぬ。物質的に考えれば、点はゼロにひとしい。だがこのゼロには、《人間的な》各種の性質が潜んでいる。われわれの観念にあるゼロ——幾何学上の点——は、最高度の簡潔さ、つまり、最大限に控え目な発言、を意味している。このように、われわれの観念にある幾何学上の点は、沈黙と発言との最高且つ唯一の結合なのである」と述べている。彼の「点はゼロにひとしい」という考えは、ウェイクフィールドの存在の有り様を的確に言い当てているように思われる。なぜならば、沈黙しつつ発言するという「矛盾」を内包する点の有り様がウェイクフィールドのそれと一致するからである。非存在と存在の「矛盾」を生きるウェイクフィールドは、「幾何学上の点」であり、「ゼロにひとしい」存在なのである。

（3）ボルヘスは、*Other Inquisitions, 1937–1952*（Austin: University of Texas Press, 1964）の "Nathaniel Hawthorne" の中で、『緋文字』を超えるホーソーンの最高傑作として「ウェイクフィールド」に言及しているが、その本質的な理由は、"Here, without any discredit to Hawthorne, I should like to insert an observation. The circumstance, the strange circumstance, of perceiving in a story written by Hawthorne at the beginning of the nineteenth century the same quality that distinguishes the stories Kafka wrote at the beginning of the twentieth must not cause us to forget that Hawthorne's particular quality has been created, or determined, by Kafka. "Wakefield" prefigures Franz Kafka, but Kafka modifies and refines the reading of "Wakefield." The debt is mutual; a great writer creates his precursors. He creates and somehow justifies them. What, for example, would Marlowe be without Shakespeare?"（56–7）という文章に求められよう。つまり、人間の実存の不安とその意味を問うという極めて現代的かつ普遍的なテーマを、二十世紀のカフカを先取りする形で十九世紀のホーソーンが、「ウェイクフィールド」の中ですでに提起していたのである。

（4）ウェイクフィールドと作者ホーソーンを重ね合わせて見るのは、少々強引であるかもしれないが、ボルヘスが、“I believe that Nathaniel Hawthorne recorded those trivialities over the years to show himself that he was real, to free himself, somehow, from the impression of unreality, of ghostliness, that usually visited him.”（63）と言う時、その「非現実感、亡霊意識（the impression of unreality, of ghostliness）」とはホーソーンの体質的な幻想感なのであり、その幻想感の自己表出として、ウェイクフィールドは創造されたと思われる。

（5）高山宏が『天辺のモード――かつらと装飾』（INAX出版、一九九三年）の「禿頭王の恥じに始まる――かつらの近代史異説」という冒頭エッセイのなかで、フランスにおける鬘の大流行とフランス革命勃発の同時代性と、人間の頭の内と外の大変革の関連性を指摘するように（六―十二）、ウェイクフィールドの頭の中味の大変革も彼の「新しい鬘」によって引き起こされたのだ。

第九章　眼差しと呪縛
――「予言の肖像画」の磁場

ウィリアム・シェイクスピアの最後のロマンス劇『あらし』（*The Tempest*, 1611）のプロスペロ（Prospero）の持つ杖と同じように、ホーソーンの「予言の肖像画」（"The Prophetic Pictures," 1837）の画家の持つ画筆は、彼の「芸術」を生み出す源であった。[1] すぐれた「芸術」はすぐれて予言的であるが、その理由は、その創作物に込められたある真実が、何ものかを喚起する力を持ち得ることにあると思われる。プロスペロの杖が描いた円陣の中で、すべての人間が思いのままに操られるという虚構的事実には、究極的な形で、芸術家が魔術師であることが示されているが、ホーソーンもこの画家、ひいては芸術家全体の魔術師としての存在にこだわり続けたように思われる。[2] そして、物語内の大きな意味での主人公である二枚の肖像画は、魔術、それも黒魔術を持ってしまったのである。前提として、肖像画は見られるものであるが、それ自体が何らかの意志を持って見る人間を見ていると思える時がないであろうか。それはただの錯覚だと言って済ますことも可能であるが、そこに虚構的真実、あるいは心理的な真実を見出そうとするのは、極めて芸術家らしい特性であるように思われる。オスカー・ワイルド（Oscar Wilde, 1854–1900）の『ドリアン・グレイの肖像』（*The Picture of Dorian Gray*, 1891）においては、永久的な外面の〈美〉と引き換えに、人としての魂を自己の肖像画に売り渡してしまった男の悲劇が描かれるが、「予言の肖像画」において、その悲劇の本質はどこにあるのだろうか。その本質は、この作品のテーマとしてある、次の結婚を直前に控えたウォルター・ラドロー（Walter Ludlow）とエリナー（Elinor）の対話の中に集約されていることに見出せる。

> 「なんて不思議な思いなんだろう」とウォルター・ラドローが言った。「この美しい顔が、二百年以上も美しいままであったとは！　おお、美しいものがみな、これほどまで完全に、永く続いてくれたならばな！　彼女のことをうらやましいとは思わないかい、エリナー？」
>
> 「もし地上が天国であったなら、そう思うかもしれないわ」と彼女は答えた。「でも、すべてのものが消え失せてゆくこの地上にあって、消え失せられないものでいることは、なんてみじめなことなのでしょう！」（IX, 170　以下、傍点筆者）

この対話は、肖像画作成の依頼のため、彼ら二人が画家のアトリエを訪ねた際、壁に掛けられていた何枚かの肖像画を眺めつつ感じた印象を語る言葉の中に見られる。そして、その対象となる絵は、「色は薄いが、あせてはいない聖母マリア像（a pale, but unfaded Madonna）」（IX, 170）であったが、二人の画像解釈の決定的な差異は、形あるものはすべて消えてゆくものだ、という深い現実認識にかかっているのだ。「永く続く（endure）」という一語に象徴される永遠の美という絶対的なるものを求めるウォルターに対して、エリナーは「消え失せる（fade）」という一語に象徴される地上性に立脚しているのであり、ここには作者ホーソーンの芸術家としてのジレンマも感じ取ることが可能であろう。万物が消えゆくものだからこそ、絶対的なるものを求めたがるのは、人間の性《さが》であり、特に芸術家にとっては、それが死活の問題ともなり得るのである。そして、ホーソーンは、天国ではない地上で、消え失せないものを求めてしまう人間の端的な行動を、肖像画作成に見出しているようである。

人間の虚栄心の表れの全領域において、この、肖像画を描いてもらうということほど、人の想像力をとらえて離さないものはない。しかし、なぜ、そういうことになるのか？鏡や、よく光る炉のまきのせ台、鏡のような水面、そして、他のすべての反射するものは、絶えず、我々に肖像を、より適切に言うなら、我々自身の幻を見せてくれるのであり、我々は、それらをチラッと見て、すぐに忘れてしまう。しかし、我々は、それらが消えてしまうからこそ、忘れるのだ。我々自身の肖像画にかくも神秘的な興味を与えるのは、持続の思い、つまりは、地上の不滅の思いなのだ。(IX, 173)

ここで、人間の虚栄心の表れとしての肖像画作成について、その「かくも神秘的な興味」を人間が持ってしまう理由は、「持続の思い、つまりは、地上の不滅の思い(the idea of duration—of earthly immortality)」に求められている。そして、語り手は、それを鏡像と画像の差異から対比的に説明するのだ。鏡に写った像は、肖像でもあるのだが、厳密には、垣間見てすぐに忘れてしまう自分自身の幻なのであり、消え去るからこそ、それを忘れるのである。先の引用で見た地上性の象徴である「消え失せる(fade)」という言葉に呼応するように、ここでは、「消える(vanish)」が用いられ、時間の流れの中での鏡像が持つ同時的瞬間性が語られ、それに対する画像の永続性が、「地上の不滅」という言葉で表現されるのだ。かくして、この「地上の不滅」を肖像画という形で子孫に残そうと考えたウォルターとエリナーは、その「地上の不滅」の虜になっている画家によって黒魔術をかけられ、呪縛されることになるのだ。そして、この画家の芸術観は、以下に明白である。

「おお、すばらしい芸術よ！」と、その熱狂的な画家は、通りを歩きながら、もの思いにふけりつつ言った。「汝は、造物主そのものの像なのだ。無の中をさ迷っている数え切れない形が、汝のうなずき一つで生まれ出るのだ。死者は生き返ってくる。汝は、彼らを彼らの昔の場面に呼び戻し、彼らの灰色の影に地上のものであると同時に、不滅なより良き生命の輝きを与えるのだ。汝は、歴史の消えてゆく瞬間をさっと取り戻すのだ。汝とともには、過去というものは存在しないのである。なぜならば、汝がひと触れすれば、偉大なるものはすべて、永遠の現在になるのであり、さらに、傑出した人たちは、彼らを今ある彼らにしたまさにその行為の目に見える成果の形で、長い時代を生き続けるのだ。おお、力強い芸術よ！　汝は、かすかに現された〈過去〉を、我々が〈現在〉と呼ぶその一条の太陽の光線の中に立たせられるのだから、汝は、おおいで包まれた〈未来〉を、そこ〈現在〉で彼女〈過去〉に会えるように、呼び寄せることができましょうか？　この私が、それを成し遂げませんでしたか！　この私こそが、汝の予言者ではないのでしょうか？」[3]

(IX, 179)

形のないものに形を与え、さらには死者を生き返らせ、その「灰色の影」に「地上のものであると同時に、不滅なより良き生命の輝き（the lustre of a better life, at once earthly and immortal）」を与え得る「芸術」は、「永遠の現在」の中に、「かすかに現された〈過去〉」を呼び込めるのだから、「おおいで包まれた〈未来〉」もその中に呼び込めるはずだ、というこの画家の強い信念は、彼の〈眼差し〉(4)の絶対性の証左になっているように思われる。つまり、「汝（芸術）の予言者」たらんと欲したこの画家の〈眼差し〉は、「地上の不滅」、あるいは「永遠の現在」という絶対的なるものだけしか求められなくなっているのだ。語り手は、この画家の芸術観を彼の「幻想（reveries）」（IX, 180）と考え、「人間が、ただひとつの野心を抱くのは、いいことではないのだ」と述べ、さらには、「ほとんど超自然的な鋭さで、他人の胸の内を読んだ時、画家は自分自身の異常に気付くことができなかった」と明言している。

さて、〈眼差し〉という言葉には様々な形容の仕方があるが、不安な〈眼差し〉という言い方が、この短篇作品を語る上でのキーワードになるように思われる。この作品に登場する主要人物は、ウォルター・ラドローとその妻エリナー、そして名付けられていない多才な天才画家の三名であるが、最も不安を抱え込んでいるのは、ウォルターであろう。彼は、人の顔立ちだけではなく、心の奥底までも描き出し、「秘かな感情や熱情（the secret sentiments and passions）」（IX, 167）を画布の上に投げ出すことができると言われるその画家に、不安以上の恐怖を感じている。そして、これから夫婦となるふたりの肖像画を描いてもらうことになっているにもかかわらず、ウォルターは、「僕はほとんど恐ろしくて彼（画家）の前に座れないだろう」（IX, 167）と言うのである。ここには、キルケゴールの言う「不安」[5]が端的に現れているように思われるが、ウォルターの共感的反感、あるいは反感的共感は、知、あるいは真実を求めたがる彼の性格に起源を持つのであり、ある意味では、無知（無垢）ではいられない人間の原型としてウォルターを捉えることも可能であろう。ウォルターは、自分の胸の奥にわだかまっている形のないものに、何か明確な形を与えたがっていたのだ。そして、心の内に潜在しているものを顕在化させるのに、魂を読むという肖像画家の〈眼差し〉を必要としたのである。そして、いざ肖像画を描いてもらう前夜となって、ウォルターとエリナーの〈眼差し〉の交換は、すでに不吉な悲劇的結末を暗示し、画家登場のためのハイ・タイムを用意するのだ。

「ウォルター、あなたは真面目に言っているの？」とエリナーは叫んだ。

「お願いだから、いとしいエリナーよ、今、君が見せている面差しは、彼に描かせないでほしいよ。」と彼女の愛する人は、微笑みながらも、かなり当惑した感じで言った。「ほら。今、それが去ろうとしているけれど、君が話していた時、君は、恐ろしさのあまり死にそうに見え、その上、とても悲しそうだった。一体、何を君は考えていたんだい?」

「何も、何も考えたりはしなかったわ。」と急いでエリナーは答えた。「あなたは、私の顔をあなた自身の幻想で描いているのだわ。さあ、明日、私を迎えに来て下さい。そして、このすばらしい芸術家をお尋ねいたしましょう。」(IX, 167)

許嫁であるウォルターの画家への尋常ならざる入れ込みように、エリナーは面差しを変えている。それは明らかに、ウォルターの不安な〈眼差し〉が、エリナーに影響を与えた結果ではあるが、「君は、恐ろしさのあまり死にそうに見え、その上、とても悲しそうだった」という表現は、彼のその〈眼差し〉によって呪縛されてしまったエリナーの不安の深さを伝えているように思われる。そして、その不安を打ち消すかのように、エリナーは、「あなたは、私の顔をあなた自身の幻想で描いているのだわ」と答えるのだが、その「悲しくて不安げな眼差し (a sad and anxious look)」(IX, 167) は、身に覚えのあるものであり、時々ふと感ずる恐ろしい気持ちの現れでもあったのである。だが、結婚を目前にして、このいやな胸騒ぎを「全く幻想」と考えたいエリナーは、自分たち恋人同士は愛し合っているのだ、という現実に生きたいのであった。

さて、作品冒頭から、このような不安な〈眼差し〉の交換によって、ウォルターとエリナーの不安な状況が提示されるのだが、翌日画家の部屋を訪れた時、その状況は、他者の〈眼差し〉によってさらに補強されるのである。その〈眼差し〉とは、壁に掛けられた肖像画のそれであったが、物語の語り手は、その特徴を次のように言っている。

ほとんどの絵において、心と人格のすべてが、顔の上に、はっきり出され、かつ、それがただひとつの眼差しに集約され、その結果、逆説的に言うならば、本人は、肖像画がその本人に似ているほどには、目立って自分自身には似ていなかったのだ。(IX, 170)

肖像画に描かれる顔の表情を決定するものは、その眼であると思われるが、この画家の場合、対象となる人物の全人格は、その顔に現され、かつ、「ただひとつの眼差し (a single look)」に収斂されていたのだった。この画家は、描かれる人物の精神性を決定的なところでつかまえ、それを「ただひとつの眼差し」で表現できるのであり、その結果、描かれた肖像画の方が、元の人間により一層似ているという逆説が生まれてくることになるのだ。肖像画の生命が、その

〈眼差し〉によって輝き出しているとするならば、この画家のアトリエに足を踏み入れたウォルターとエリナーは、すでにこの画家の画筆が描く〈眼差し〉の磁場に影響を受け始めていると言えよう。そして、その最たる例は、彼ら二人の教区牧師ドクター・コールマン（Dr. Colman）を描いた制作途中の肖像画の〈眼差し〉に見られる。

「親切なご老人だわ！」とエリナーは叫んだ。「彼は、私のことをじっと見ておられるわ。まるで、今まさに父親らしい忠告のお言葉を口にするかのようにね。」

「そして、僕の方もね。」とウォルターは言った。「まるで、彼は、ある疑いのある重大な不正ゆえに、今まさに頭を横に振り、僕のことを強く非難するかのようだよ。でも、そもそも、本人も、その通りなんだよ。僕は、僕らが結婚するため、彼の前に立つ時までは、彼のこの眼差しの元では、まったく心静まる感じはしないんだよ。」（IX, 171）

画家のアトリエは、〈眼差し〉の磁場にあふれているが、そこに見られる真実の美的探究は、肖像画という画像によってなされている。むろん画家である以上、画像が模像、あるいはプラトン的二元論で言えば、模像の模像にすぎないことは、この画家には既知のことではあろうが、右にあげた引用には、原像ではない画像が持ってしまう解釈の相対性、つまり、「一対多対応」という原像と画像の関係[6]が暗示されているのである。かくして、肖像画の〈眼差し〉の磁場に入り込んだウォルターとエリナーは、画像というテクストを読み込み始めるのだ。作品内の言葉を使えば、「神秘的な本のページのようにこれらの描かれた顔を熟読する」(IX, 176)ということであろう。これは、逆の立場で、ウォルターとエリナーの画像を読み解く可能性を持った「生まれながらの感性を持った人々(people of natural sensibility)」を紹介する語り手の言葉の中に見られる。では、ここで、完成した二人の肖像画を前にしての彼らの画像解釈の関係を見ていこう。

　肖像画の引き渡しの日に、まず初めにエリナーの画像に変化を見出したのは、ウォルターであった。

　「それでは、その絵は、昨日のものと似ていない、というのだね?」と画家は、抑えきれない興味を感じて、その時、すぐ近くまで寄って来て尋ねた。
　「その顔立ちは、完全にエリナーなんです。」とウォルターは答えた。「そして、最初ちらりと見た時、その表情も、彼女のものに見えたのです。しかし、その肖像画は、僕がそれを見ている間に、顔つきを変えたような気がしてならないのです。その両方の眼は、奇妙にも悲しくて不安げな表情で、僕の眼に据えられているのです。いや、実際、それは深い悲しみであり、恐怖でもあるのです！　これが、あのエリナーなのでしょうか？」(IX, 174)

昨日見た画像とはどこかが違うと感じ、その差異は現に今見ている内に現れたようにウォルターは思うのである。そして、ウォルターは、そのエリナーの画像の〈眼差し〉は、「奇妙にも悲しくて不安げな表情」を帯び、その本質は、「深い悲しみであり、恐怖でもある（grief and terror）」と直観するのである。ここに見られるウォルターによるエリナーの〈眼差し〉の変化についての表明は、肖像画に生命、あるいは魂が込められたことを裏打ちしていると言えよう。さらにここにおいて、〈眼差し〉の共犯関係が成立するように思われる。つまり、罪を前にしての不安の主体であるウォルターの肖像画は、その画像の前に立つエリナーに影響を与え、その影響はウォルターの目の前にあるエリナーの肖像画に映し出されるのである。そして、先にあげた引用の後で、画家の指示で実際のエリナーの顔を見たウォルターは、そこにまさに肖像画と同一の〈眼差し〉を見出すのだ。かくして、原像と画像の一対多の対応関係が、一対一の対応関係に置き換えられた時、ウォルターとエリナーの画像解釈は、〈眼差し〉の絶対性に支配されてしまうのだ。つまり、「こうにもああにも見える」という〈眼差し〉の相対性が、画家の「芸術」によって、「こうにしか見えない」という〈眼差し〉の絶対性に変換させられたのである。そして、この〈眼差し〉の絶対性が成立してしまった時、ウォルターとエリナーは、肖像画の〈眼差し〉によって呪縛され始めたのである。

ここで我々読者は、作者ホーソーンが、二人の肖像を一枚の絵に入れたいとした画家の表明を、ウォルターとエリナーに拒否させたことに注目すべきであろう。大きな一枚の絵を飾るには部屋が狭すぎたことがその拒否の理由ではあったが、「二枚の半身肖像画（Two half length portraits）」（IX, 172）を選ばせた作者の意図は、〈眼差し〉の相対性から〈眼差し〉の絶対性への変換という問題提起にあったと思われる。そもそも画家は、肖像画を描き始めた時から、〈眼差し〉の相関関係を徹底化させるために、彼ら二人の顔を同時に、つまり、交互に描いていくのであるが、その理由を「彼が、時たま使った神秘的な言葉で言えば、二人の顔が、お互いに光を投げかけ合う」（IX, 172）というところに見ている。さらには、その作者の問題意識は、二枚の肖像画の飾り方に、先鋭的な形で表出されてもいるのだ。

それらは、狭い壁を間に挟んで、並んで掛けられていて、絶えず、お互いを見つめ合っているようであったが、それでいて、常に、見る者の眼差しにも答えているのであった。（IX, 176）

二枚の肖像画は、ただ並んで壁に掛けられているのではなく、「狭い壁」を間に挟んで〈眼差し〉を絶えず交し合いつつ、その画像を見る者の〈眼差し〉にも常に答えているのだ。壁の同一面上に肖像画を置かないという作者の意図は、画像同士がお互いを見合うという〈眼差し〉の相対性と絶対性の関係にあったと思われる。ある意味では、この作品の主人公は、描かれた二枚の肖像画なのであり、画家が二人の「魂の奥底（the inmost soul）」（IX, 175）を摑み出して画布にたたき出してしまった以上、二人の関係は画像同士の関係に委ねられてしまったのである。

かくして、誰も見ていない時、肖像画同士は〈眼差し〉を交わし合うのだが、エリナーの画像の顔にまつわりついている「憂鬱」は、彼女自身の「生来の気質」（IX, 177）とは異質であると「生まれながらの感性を持った人々」は言う。そして、そう考える人の中でも、「ある空想的な人」は、エリナーの顔に浮かぶ「憂鬱な感情の強さ」が、ウォルターのそれに浮かぶ

「よりいっそう生々しい感情」、つまりは「狂気じみた熱情」と関連性があると明言するのだ。またさらに、彼は「ひとつの構図」のもとで、二人の絵に見られる「お互いの表情」に一致する「二人の行為」をスケッチに書き始めさえしたのである。未来に起こるであろう行為を、彼ら二人の〈眼差し〉は暗示しているのだが、そのお互いの〈眼差し〉は、影響し合いながら微妙に彼らの現実の顔に変容をもたらしていくのである。そして、この〈眼差し〉同士の憂鬱な関係を生み出した元凶は、画家が肖像画の作成と並行して秘かに描いていた「クレヨン画（a crayon sketch）」（IX, 175）であったのである。それを肖像画の完成と同時に見せられたエリナーは、その恐ろしい場面に打ちのめされながらも、絵を描き変えようという画家の申し出をきっぱりと退けたのであった。

「わたしたちは、その絵を描き変えてもらうつもりはありません。」と急いで、彼女は言った。「もし、私の絵が悲しいものならば、私はそれとの対照でもって、より一層明るく見えるようにしますわ。」（IX, 176）

エリナーにとってウォルター・ラドローは、「彼女の心が選んだ人（the chosen of her heart）」

（IX, 167）であったからこそ、悲しい肖像画と現実の自分とのコントラストにおいて、彼女は一層自分が明るく見えるようにするのだ、という切実なる気持ちを画家にぶつけられたのであろう。そして、それ以上に、「消え失せる」という一語に象徴される人間のはかなさを強く認識していたからこそ、あえてエリナーは、自分の現実的な〈眼差し〉を画像の虚構的な〈眼差し〉に対峙させたのである。彼女は、虚構的な未来ではなく、あくまでも、目前の現実に生きようとするのであり、その決定的証拠として、物語のプロットの最後の言葉でもあるエリナーの「でも、私は彼を愛していたのです！（"But—I loved him!"）」（IX, 182）という陳述があるのである。しかし、彼女の悲愴な努力にもかかわらず、このコントラストにおいて、画像の「悲しくて不安げな眼差し」は、彼女の現実の顔に影響を及ぼし、ついに、その顔は、「彼女の憂鬱な絵のまさに生き写しのになりそうになるのだ。それに対して、ウォルターの現実の顔は、画家が描き込んだ「生々しい眼差し」を獲得するのではなく、「よそよそしくうつむき、いかにも内部にくすぶらせていようとも、何ら外面的な感情の突発をしめさない」（IX, 177）ようになったのだ。画像自体が、ウォルター本人に影響を与えないという事実は、画家によって、画像に彼の生命が移行させられたということであろうが、そのすべての原因は、やはり、彼が垣間見たかもしれない「クレヨン画」(7)にあったように思われる。画家は、おそらく広くもないアトリエで、エリナーだけに、警告のつもりでその「クレヨン画」を見せようとしたのだが、それを見て、何とか恐怖心を抑え込んだエリナーが、テーブルから振り返った時、「彼女は、ウォルターがそのスケッチを見たと言えるほど近くまで来ていたことに気付いたのだが、ただ、彼女は、それが彼の目に入ったかどうかの判断はつかなかった」(IX, 176)のである。この時、ウォルターが垣間見たかもしれない「クレヨン画」は、彼の潜在意識の中に、将来起こるであろう凶行を刻印してしまったのである。

このようにして、二枚の画像の〈眼差し〉は、ウォルターがエリナーの胸をナイフで刺そうとする場面を描いた画家の「クレヨン画」に収斂してゆくのであるが、その収斂のプロセスは、画家の心理操作による絶対的な意味付けであったのであり、その結果、それぞれの〈眼差し〉は、その絶対的な意味に支配されてしまったのである。しかし、その意味が絶対的なのではなく、それに振り回されてしまう相対的存在でしかない人間同士の関係こそが、絶対的なのである。その意味で、アーヴィン(Newton Arvin)も言うように、その画家も、「悪意に満ちた宿命」にわたりをつけた「罪深い媒介者」にすぎないとも言えるであろう[8]。なぜならば、彼が、ウォルターとエリナーの過去と現在を、今この時において把握し、さらに、彼らの未来をも暗示的に表現し切ったとしても、それは「媒介者」として、彼らを彼らの「宿命」に関係付けたにすぎないからである。しかし、神でない限り、人間の「宿命」は把握できないのだ。物語の最後の「深い教訓（a deep moral）」——「ひとつの行為、あるいは我々の行為全ての結果が、もし前もって我々の前に示され得るとしても、それを〈運命〉と呼んで先を急ぐ人もいるでしょうし——自分の激しい欲望に押し流される人もいるでしょう——だが誰も予言の肖像画によって進路を変えたりはしないでしょう（Could the result of one, or all our deeds, be shadowed forth and set before us—some would call it Fate, and hurry onward—others be swept along by their passionate desires—and none be turned aside by the Prophetic Pictures）」（IX, 182）——は、あくまでも仮定法過去の表現であって、現在の事実に反する仮定なのである。神ではない画家が、ウォルターとエリナーの「宿命」を摑んだとしても、それは、ウォルター自身の「何か普通でないもの」（IX, 168）を感じ取った画家による幻想にすぎなかったのである。彼は、「地上の不滅」という絶対性を求めすぎた結果、人間を無視して「芸術」の奴隷と化し、[9]「狂人」（IX, 180）となったのであるが、人間は関係の中でしか生きられない、ということを逆に証明してもいるのだ。つまり、画家とウォルターとエリナーの三人の関係は、「ただひとつの眼差し」によって容易に呪縛され、かつ絶対的になり得るということなのである。そして、ホーソーンは、その〈関係の絶対性〉というものを、一対の愛する者たちの肖像画のドラマに見られる互いに交錯し合う〈眼差し〉に象徴させているのだ。

注

（1）プロスペロとこの作品の画家との関連性について、アベルは、この画家の芸術観の吐露の件を引用しつつ、次のように指摘している。「ホーソーンの文学的引喩は、通例、彼の作品のうちにあまりに深くそれとなく含まれているので、それらを見つけるのは容易ではないけれど、至高の芸術家としてのプロスペロへの彼の言及は、数多く、かつ明白である。「予言の肖像画」の画家の幻想は、プロスペロが彼の杖、つまり、彼の魔術を使うための想像力という魔術師の杖を折る前の彼の「烈《はげ》しい妖術」についての有名な独白に等しい散文である。」（113）

（2）ワゴナーは、その問題についてのホーソーンの関心を次のように述べている。「彼（ホーソーン）は、芸術家であることが、彼の疎外を高じさせる結果を持つ可能性がないかどうかについて、心配していた。確かに、それは彼が人々を「研究する」ことを求めた。それはあたかもその人々が、彼の虚構の画布の上で、巧みに扱われるべき対象物であるかのようにであったのだ。その彼らが、彼の本の登場人物と変わるところのない彼の創造物であると思うようになる可能性はなかったか。芸術は、一種の黒魔術として、また、芸術家は、昔の魔女や現在の催眠術師のように、一種の魔術師として考えるべきなのか。「予言の肖像画」と「りんご売りの老人」は、この問題に対する彼の関心を表現している。」（10）（傍点強調、ワゴナー）

（3）先に触れたアベルは、この部分を引用して、「これは、『墓もまたわしの命令で／そのなかに眠る者の目をさまし、墓穴を開き、／わしの秘術で亡者《もうじゃ》を出て来させた』（豊田実訳）というプロスペロの自慢を想起させる」（114）と述べている。

（4）三宅卓雄は、『どう読むかアメリカ文学――ホーソーンからピンチョンまで』（あぽろん社、一九八六年）の「予言の肖像画」論（「画像と眼差しの物語《ディスクール》――ホーソーン「予言の肖像画」鑑賞法」）の中で、物語論を見事なまでに展開しているが、その中心には、「ディスクールの自意識性」というものが据えられ、分析されている。筆者は、この論文が指摘する「複雑な眼差しの交錯」（一四〇、傍点、三宅）をさらに深化させるべく、〈眼差し〉自体の相対性と絶対性の関係に着目した。

（5）キルケゴールの『不安の概念』については、本書第三章の注（6）を参照。

（6）この概念については、谷川渥『形象と時間――クロノポリスの美学』（白水社、一九八六）の第八章「像の差異――影像・写真・絵画」から、貴重な示唆を得た。

（7）前掲の三宅の言葉を借りれば、「つまり、天才的画家の絵の神秘的な「予言」は実は心理的な「誘導」でもあったということになる」（一四二）のである。

（8）アーヴィンは、「このホーソーンの肖像画は、――彼が知っていたかもしれないホフマンの「総督と総督夫人」の中のそれと同様に、あるいはまた、彼が確かに知ることはなかったゴーゴリの「肖像画」の中のそれと同様に――芸術家の千里眼の象徴のみならず、彼が罪深い媒介者でありうるところの悪意に満ちた宿命の象徴にもなっているのだ」（10）と述べている。

（9）作品中で、このことを最もよく伝えているのは、「ウォルターとエリナーの研究に、あまりにも彼自身の多くを、つまりは、彼の想像力と他のすべての力を注ぎ込んでしまった結果、彼はこれまで〈絵〉の世界を満たしてきたたくさんの作品と同様に、ほとんど、彼ら二人のことを彼自身の創作物と見なしていた」（IX, 179）という一文であろう。

第十章　眼差しの美学

――偉大なる岩の顔とアーネストの「崇高」について

「眼差し」とは、見るものと見られるものとの関係そのものである。見るものも見られるものも絶対的な存在ではあり得ない。これら両者を結びつけるものが、「眼差し」である。見るものが何を見る対象として選ぶかは、ひとえにその見るものの「共感」にかかっているのだから、眼差しとは「共感」[1]と言い換えることができるであろう。そして、眼差しの美学とは、共感の美学であり、さらには人間関係の美学なのである。人間と人間との関係のあり方の美しき理想を究極的に突き詰めてゆけば、おそらく、我々読者はホーソーンの「偉大なる岩の顔」("The Great Stone Face," 1850）のアーネスト（Ernest）に出会うのである。彼の超俗的生涯は、決して仙人のような孤立的な人生ではないのであり、彼独自の「善行と神聖なる愛（good deeds and holy love)」（XI, 47）に貫かれているのである。そして、その彼の生涯を「高き目的

(high purpose)」(XI, 41) へ、または「崇高 (the sublimity)」(XI, 45) へと導いていったものが、偉大なる岩の顔への眼差しであったのだ。

では、その眼差しは、偉大なる岩の顔の何を見つめ続けていたのだろうか。その答えは、「その偉大なる慈善の眼差し (Its look of grand beneficence)」(XI, 48) であったのである。それも世界の人々を抱擁するかの如くに見えるものであった。

そこで本稿では、アーネストと偉大なる岩の顔との関係を通して、作者ホーソーンが、「崇高」を生み出し得る「眼差し」の在り方、換言すれば、眼差しの美学をどのようにこの作品に描き込んでいったのかを分析したい。この分析を進めるにあたって、三つの視点、つまり、アーネストの「純真」、「共感」、そして彼と偉大なる岩の顔の「崇高」についてそれぞれ考察していきたい。

一 アーネストの「純真」について

次の引用文を見てみよう。

しかし、秘訣はこうだった。つまり、その少年の優しく人を疑わない純真が、他の人たちには見えないものを見分けたということである。かくして、万人に意図されている愛というものが、彼固有の性格の一部になっていた。(XI, 29)

例えば、故人の肖像写真、あるいは肖像画を何がしかの共感を持って見続けるのならば、両者の眼差しが了解し合う場合があり得るであろう。ただし、その場合、その無機物を見るものの眼差しの共感力、あるいはその強度ははかり知れなく深いものといえる。従って、一日の労働の後、何時間も偉大なる岩の顔をじっと見続けることを習慣としていたアーネストが、ついにはその岩の顔から「優しさと激励の微笑み」(XI, 29)を返してもらうということはあり得るであろう。そして、その岩の顔が答えているのは、アーネスト自身の「畏敬の眼差し[2](look of veneration)」(XI, 29)に対してだと語り手は言うのだ。さらには、両者の眼差しの交流の「秘訣」は、アーネストの「優しく人を疑わない純真」に求められている。そのアーネストの「純真」は、他の人々が見えないものを見極めることができるのである。よってその結果、「万人に意図されている愛というものが、彼固有の性格の一部になっていた」のだ。この愛とは神によって意図されていると考えられるが、この世に遍在する神の愛を発見し、理解できる者は、アーネストのように「優しく人を疑わない純真」を持った者に限られると語られているように思われる。

では、アーネストの「純真」とは、どのような特質を持っているのだろうか。それは、端的に言えば、中年となったアーネストが大いに献身した「人類のためのある大いなる善に対する世俗的でない希望（unworldly hopes for some great good to mankind)」(XI, 37) に見られるような世俗的なるものを超越した「天使たちの知恵」(XI, 38) に通じているものであったのだ。そして、そのような知恵は、決して「書物から」得られるものではないとされるのだ。

> 大学教授や都市の活動的な人々さえもが、遠くからアーネストに会って話すためにやって来た。というのも、次のような評判が広まっていたからだ。即ち、この純真な農夫は、他の人々の思想とは違った思想を持っていて、それが書物から得られたものではなく、それにはより高き調べ、つまりは寂として親しみのこもった威厳が備わっていて、あたかもそれは、彼が日々の友として天使たちと語り合って来たからかのようであった。(XI, 42)

「書物から」という句はもう一箇所、「彼らは、そこから、書物から学ぶよりもさらに良い知恵が、やって来るものであるということを知らなかった（They knew not that thence would come a better wisdom than could be learned from books）」（XI, 33）にあらわれているが、いずれの場合にも、書物を通じて入手できるような思想でも知恵でもないものを、この「純真な農夫」は持っているのだ。その理由は語り手の推測によれば、彼の思想の「より高き調べ」、「寂として親しみのこもった威厳」が、日々の「天使たち」との語らいから湧いて来ていると考えられているのである。「天使たち」のような純真無垢のイメージは、まさにアーネストに重なり合うのである。

さらには、語り手の偉大なる岩の顔の本質を突いた次の一節は、「天使たち」と同質的な無垢を持ち、神の姿に似せて創られたアダムと偉大なる岩の顔の同一性を暗示しているように思われる。

しかしながら、来た道を後戻りするならば、その不思議な顔立ちは、再び目にすることができたのだ。そして、そこからさらに後ろへ下がれば下がるだけ、その顔立ちは、ますますその全くの元来の神性を無傷のまま持っている人間の顔のように見えてくるのであった。そしてついに、その顔が、山々の雲や光彩を添えられた霧がその回りに群がって遠くにぼ

んやりと見えるようになった時、その偉大なる岩の顔は確かに生きているように思われた。(IX, 27)

「人間の顔」の持つ「元来の神性」を「無傷のまま」持っているということは、明らかに原罪以前のアダムを暗示していると言えよう。つまり偉大なる岩の顔の表わす寓意とは、原罪以前のアダムの〈無垢〉なのである。人間は〈無垢〉に回帰することはできないが、もし回帰願望を持つのであれば、その人間に求められる第一義的性格は、「純真」なのであり、アーネストはそれを持ち続けているのだ。

一代で巨万の富を築いたこの谷出身のギャザーゴールド(Gathergold)氏が、第一の候補者として帰郷するが、彼が「慈善の天使」(XI, 31)の如くあるはずであり、岩の顔の生き写しであろうとアーネストは、「確信と希望にあふれていた」(XI, 31)のである。その「確信と希望」の根底には、アーネストの「純真」があるのだ。また、第二候補として現れたオールド・ブラッド・アンド・サンダー(Old Blood-and-Thunder)将軍について、「長く待望されていたその人は、平和的な人の姿で現れるであろう」(XI, 36)と想像していたのだが、「彼の全くの純真故に(with all his simplicity)」(XI, 36)、血なまぐさい軍人であろうと「神」によってオールド・ブラッド・アンド・サンダー将軍がその偉大なる岩の顔と定められたとするのである。さらには、第三の候補としての政治家オールド・ストウニィ・フィズ（Old Stony Phiz）に対しては次のように期待するのである。

我々がこれまで見てきたように、一度ならず失望させられてきたけれど、彼は大いに希望に満ちて人を疑わない性質をしていたので、彼は常に喜んでどんなものであれ美しく、そして善なるものと思われるものを信じたのであった。彼は心を絶えず開かれたままにしていたから、しかるべき時に訪れる天上からの恩恵を必ずやとらえていた。（XI, 39）

一度ならず裏切られてきたアーネストではあるが、彼は「希望に満ちて人を疑わない性質」を持っており、絶えず自らの心を「開いた」ままにし、「しかるべき時に訪れる天上からの恩恵を必ずやとらえていた」のである。この自分の心を「開いた」状態のままにいることができるアーネストの性質にこそ、やはり彼の「純真」を看取することができるのだ。そしてまた、最後の候補である「洞察力の深い詩人（the deep-sighted poet）」（XI, 48）が、アーネストに会いに来る前に、彼のことを、「その自然に身に付けた知恵が、彼の人生の気高い純真と手を取り合って歩んできたこの男（this man, whose untaught wisdom walked hand in hand with the noble simplicity of his life）」（XI, 44）と述べているように、アーネストの「純真」は生きていく上での根本原理になっているのである。

二　アーネストの「共感」について

アーネストの「共感」についての最初の言及は、次の文に見られる。

彼らは、偉大なる岩の顔が彼の先生になっていたことを、そしてまた、その顔に表わされている感情というものが、その青年の心を押し広げ、さらにはその心を他の人々の心よりもより広くかつ深い共感で満たすものであったということを、知らなかったのだ。彼らは、そこから、書物から学ぶよりもさらに良い知恵が、そしてまた、他の人間生活の醜い手本を元にして作られるよりもさらに良い生活が、やって来るものであるということを知らなかったのだ。（XI, 33）

「その顔に表わされている感情というものが、その青年の心を押し広げ、さらにはその心を他の人々の心よりもより広くかつ深い共感で満たすものであった」ということを世間の人々は知らなかったのである。そして、「純真な魂を持った人間（A simple soul）」（XI, 33）であるアーネストの眼差しの美学は、毎日の偉大なる岩の顔との眼差しの交換という「共感」によって練磨されていくのだ。偉大なるものを見続け、その生き写しにいつか会えるのだという希望を持ち続けて生きることの意味は、大きい。なぜならば、「純真」と「共感」とは、人間の魂を高めてくれる理想的な特質であるからである。まず、純真な眼で見ることが、眼差しの美学、つまり、共感の美学の根源にあるのだ。

そして、そのホーソーンの「共感」について、メイルは、次のように述べている。

共感は、人間の人間との、そして、自然とのつながりを強調した。またそれは、想像力の感じられない聡明さを超えて称賛されるある種の直観的かつイメージ生成の「第六感」として役に立ったのだ。さらにそれは、重力、電磁気の引力、そして化学的な親和力に匹敵するような精神的かつ心理学的な等価物の役目を果たしたのだ。ひとつの言葉が、ここまで見事に一時代の感受性にぴたりとはまることはめったにないことである。（149）

この引用の中で最も重要なことは、人間や自然とのつながりを強調する「共感」というものが、「ある種の直観的かつイメージ生成の『第六感』」として役に立つということであろう。この「第六感」こそが、共感の美学の、つまりは眼差しの美学の基準になるのである。

では、完膚なきまでに「共感」の欠如を指摘されたギャザーゴールド氏、オールド・ブラッド・アンド・サンダー将軍、政治家オールド・ストウニィ・フィズの三名は論外にしても、最後の詩人の「共感」はどう解釈されるべきであろうか。

造物主は、彼自身の手仕事へ最後で最善のひと筆を加える者として、彼をこの世にお授けになったのだ。創造物は、その詩人がそれをよく解釈し、そして、そのままにそれを完成させることになるまでは完成を見なかったのである。(XI, 43)

神の創りし物、つまり、創造物とは、人間や自然ということになる。そして、これらの創造物は、この詩人の解釈とそれに基づく詩の完成までの努力をまって完全なものになった、というのだ。そして、この詩人の芸術家としての「共感」する力は、「彼の詩的信念の気分」(XI, 43)でとらえられた同胞たる人間への眼差しにおいて遺憾なく発揮され、その対象たる人間たちは栄光を与えられたのであった。

年老いたアーネストは、この谷出身の「新しき詩人（a new poet）」（XI, 43）の詩集を読み、魂をふるわせる一節などに出会えば、あの慈悲深く偉大なる岩の顔を見上げつつ、期待感を募らせるのだ。そしてついに、両者が相見える時が来る。

この二人の男たちの共感は、どちらかひとりだけで手に入れられたかもしれないものよりもより深遠なるひとつの意味を彼らに教えていた。彼らの精神は、ひとつの気質に合致していて、そして、二人のうちどちらかがこれは全く自分のものだと言い張ることもできないし、片方の人の分と自分の分を区別し得ないような楽しい音楽を作り上げていた。（XI, 45）

この「より深遠なるひとつの意味」とは何か。それは、何か偉大なるもの、崇高なるもの、美しきもの、そして善なるものを絶えず探究し続ける両者の眼差しのベクトルの一致について、お互いが「共感」し合えることの重要性を伝えているように思われる。まるで両者の「共感」は、完全なるハーモニーを奏でながら、「楽しい音楽」を作り上げていたが、どこのパートがどちらのものなのかについては聞き分けがたいほど、両者の心は「ひとつの気質」に合致していたのだ。これほどまでに両者の「共感」の美学、つまり眼差しの美学が共鳴し合う中、アーネストは、その詩人の「神聖な」（XI, 46）詩の中に「予言の実現（the fulfilment of a prophecy）」（XI, 46）を発見したかに思えた。しかし、その詩人と偉大なる岩の顔をじっくりと比較対照したアーネストの答えは、否であった。果たして、ただの「純真な農夫」であるアーネストの眼差しは、人間の「第六感」としての研ぎ澄まされた彼独自の「共感」によって、この詩人の中にどのような欠落を見出したのだろうか。それは、彼自身が言葉で説明できることではなく、ただ「純真」に裏打ちされた「共感」という「第六感」が感じ取るしかなかったのだ。

そこで自らの欠如を自覚しているその詩人の言葉に耳を傾けてみるならば、「しかし、親愛なるアーネスト、私の人生は私の思考とは合致していないのです（But my life, dear Ernest, has not corresponded with my thought）」（XI, 46）ということが、問題の本質であることがわかるのだ。自らの「人生」が、自らの「思考」と合致していないということは、この詩人の今を生きる現場が、「不毛で卑しい現実の中に（among poor and mean realities）」（XI, 46）あるからだ、と詩人が考えていることによるのだ。つまり、どんなにすばらしい詩を創作しても、読者なり編集者なりを常に意識した妥協的な現実にまみれていては、自らの「思考」の果実である詩が純粋かつ本物であるはずがないとみなすのであり、さらに、この詩人は、時々自分自身の自然や人生を描いた詩作品において明らかにされている「偉大、美、そして善（the grandeur, the beauty, and the goodness）」（XI, 46）を信用できなくなる時があるのだ。

それに対して、当時習慣となっていたアーネストの日没時の講話において、彼の言葉の重さは次のように描かれている。

アーネストは語り始めた。彼の心と頭の中にあることを聴衆に向かって話しだしたのだ。彼の言葉は力を持っていた。なぜならば、その言葉が彼の思考と一致していたからだ。そして、彼の思考は真実味と深みを持っていた。なぜならば、その思考が彼が常々生きて来た人生と調和していたからだ。この説教者が発しているのは、ただの言葉ではなかった。それは生命《いのち》の言葉なのだ。なぜならば、善行と神聖なる愛の人生がそれらの中に溶け込んでいたからなのである。純粋で豊かな真珠がこの貴重な草稿には溶かし込まれていたのだった。（XI, 47）

アーネストの言葉が、「力」を持つのは、それが彼の「思考」に一致しているからであり、その「思考」が、「真実味と深み」を持つのは、それが彼の人生と調和しているからなのであった。つまり、彼の発する言葉は、「生命《いのち》の言葉」なのであり、その理由は、彼の言葉には「善行と神聖なる愛の人生」が溶け込んでいたことによるのだ。そして、「純粋で豊かな真珠がこの貴重な草稿には溶かし込まれていた」と知る時、読者は、純真無垢という「真珠」の隠喩の重みを感じ取るのだ。現世においては極めて困難である自らの「純真」の維持と、日々の偉大なる岩の顔との眼差しの交換によって強化された「共感」は、ついに、アーネスト自身の「崇高」を垣間見させることになるのだ。

三　アーネストと偉大なる岩の顔の「崇高」について

「見よ！　見よ！　アーネストが、彼自身が、偉大なる岩の顔の生き写しなのだ！」

そこで、集まっていた人々は皆が見た。そして、その洞察力の深い詩人が言ったことが真実であることを理解した。予言は実現したのだ。しかし、アーネストは、言わねばならぬことを話し終えた後、詩人の腕をとり、そしてゆっくりと家に向かい歩いていくのだった。その折にも、彼はなお、彼自身よりもっと賢くもっと善良なある人がやがて現れ、その人の顔は偉大なる岩の顔に似ているであろうと希望していたのだ。(XI, 48)

この瞬間、あの政治家オールド・ストウニィ・フィズに欠如していた「崇高と威厳、即ち、神々しい共感の崇高な表情(the sublimity and stateliness, the grand expression of a divine sympathy)」(XI, 41)と、またあのオールド・ブラッド・アンド・サンダー将軍の顔に欠けていた「優しい知恵、即ち、深く広く優しい共感(the gentle wisdom, the deep, broad, tender sympathies)」(XI, 37)というものが、アーネストの顔に具現化されたと詩人は絶叫するのであった。

ここで、この作品の最後のパラグラフを大団円ととらえるのか、さらなる理想の偉人到来への希望ととらえるのかで、この作品の解釈は異なるであろう。第三者的に見て、「予言は実現した」ことが明白であったにせよ、アーネスト自身がまだまだ「彼自身よりもっと賢くもっと善良なある人」の登場を期待している以上、筆者はアーネスト自身の内面の心理を信じたいと思う。つまり、大団円として最後を閉じないで開いておくことによって、作者はこの現世において稀有かつ、ほとんど存在し得ないような偉大かつ崇高なる人物を期待感を持って待ち続けることの意味を問いかけているのだ。それは、ひとつには、「言葉」に対する盲目的、あるいは無批判的な信頼への反省があげられるであろう。政治家の「舌（a tongue）」（XI, 38）のむなしさを、「高きパフォーマンス」（XI, 41）ばかりで「高き目的」を欠如していることに見抜き、さらには、詩人の「詩的信念」のゆらぎを、「不毛で卑しい現実の中に」生きて来た彼の人生と思考の不一致に見出したアーネストの発する言葉は、「生命《いのち》の言葉」で満ちあふれていたのだ。そして、もうひとつは、原罪を犯しエデンの園を追放される以前の人間の〈無垢〉への回帰願望と言い換えられるように思われる。

　また、さらに重要なことは、山腹にある「あの有名な自然の奇観（that famous natural curiosity）」（XI, 34）たる偉大なる岩の顔を見る時の「適切な距離（a proper distance）」（XI, 27）の存在である。「もし、その見る者があまりに近づきすぎれば、彼はその巨大な顔の輪郭を見失ったのだ（if the spectator approached too near, he lost the outline of the gigantic visage）」（XI, 27）と語られるように、「適切な距離」をおいて見なければ、その偉大なる岩の顔は、人間の顔に似ているようには見えないのである。そして、近づきすぎてそこに見出す物は、「混沌たる荒廃の有り様で次々に重なり合った重々しく巨大な岩々の塊」（XI, 27）にすぎないのである。これは物理的な距離の適切さを言うよりも、隠喩的には、精神的な距離の重要性を伝えているのだ。ここには限りなき〈無垢〉への接近と、そこからの回避による眼差しの相対化があるのである。どちらも絶対的存在ではないアーネストと偉大なる岩の顔の眼差しの同一化はない。あくまでもアーネストの深い「共感」を元にした両者の関係にこそ絶対性が存在する。この関係の絶対性に力点を置くことによって、両者の偶像崇拝化は廃棄されるのだ。つまり、アーネストの眼差しの美学は、彼自らの純真なる「共感」によって、偉大なる岩の顔との関係性を生命《いのち》尽きる瞬間まで深化させ得るのみだ、ということを発見するのだ。

注

（1）スミスは、*The Theory of Moral Sentiments*（1759）の冒頭（"Of Sympathy"）において、"How selfish soever man may be supposed, there are evidently some principles in his nature, which interest him in the fortune of others, and render their happiness necessary to him, though he derives nothing from it except *the pleasure of seeing it.*"（9）［以下、イタリックは筆者による］と述べている。ここで、スミスは、人間性のいくつかの原理として、「それ（=他者の幸福）を見ることの喜び」を強調するように、"sympathy" とは「見ること」、即ち「眼差し」と大きく関わっているのだ。因みにホーソーンがこの書物をセイラムの図書館から借りたのは、一八二七年三月二十三日から二十九日までであった（Kesselring 18）。

（2）バークの「崇高」論に従えば、"the great" の根底には "terror" があることになる（本書、第七章参照）。この「偉大なる岩の顔」という短篇では、アーネストの“look of veneration”と“the grand and *awful* features of the Great Stone Face, *awful* but benignant”（37）の二箇所だけにしか、その岩の顔に対するある種の「恐怖」感は出てこないが、それらもむしろバークの言う「美」論に近いように思われる。例えば、メルヴィルが、“Hawthorne and His Mosses”の中でホーソーンの“*such a boundless sympathy* with all forms of being”（190–1）が表現されていると指摘した短篇“The Old Apple-Dealer”においても、“Thus the contrast between mankind and this desolate brother becomes *picturesque*, and even *sublime*.”（X, 446）とあるように、“picturesque”と“sublime”が同列的に表現されている。実際、ホーソーン自身、バークの著作集をセイラムの図書館から借りてはいるが、彼の時代までにバークの「崇高と美」論は修正を加えられて来ていて、リーヴィ（Leo B. Levy）は、特にこの短篇についてはオールストン（Washington Allston, 1779–1843）の影響（“for an important distinction between the “moral” and “false” sublime”［396］）を指摘している。なお、オールストンは、ロマン主義画家として、当時ボストン画壇の重鎮であり、アメリカ絵画における神秘主義的、または幻想主義的な仕事の系譜の出発点となった画家である。また、桑原住雄は『アメリカ絵画の系譜』の中で、「オールストンの内面風景」という項目を挙げているが、人間の精神の内面を凝視し、その何物かを描写しようとする気質は、まさにホーソーンのそれと軌を一にするように思われる。

あとがき

ホーソーン文学に惹かれる理由はなんであるのか。筆者の場合、その理由は、この世の弱きものへの作家の深い共感《シンパシー》という磁力《マグネティズム》が生み出す空間としての「ロマンスの磁場」にあると考える。文学研究とは、「感動」を原点にして作品に対して自己を打ち立てることと考える筆者は、『緋文字』を初めて読んだ時、その「感動」と共感はヘスター・プリンに対するものであった。その後、その思いは本書第二章の「処刑台の磁場」という論に結実した。個人と社会の在り方として、自由と引き換えに孤独を選び「周縁」に追いやられたヘスターを見つめる本質的に温かい作家の共感的な眼差しが、アメリカ的なローレンスの言う「土地の霊」としてのロマンスの磁場を形成している。そして、ホーソーン文学の弱者への共感《シンパシー》が生み出すロマンスは、「土地の霊」としての「磁場」を求め続けているのである。つまり、それは「雪人形」の生命《いのち》の庭であり、ヘスターの立つ「処刑台」であり、「七破風の屋敷」であり、「ブライズデイル」であり、そして「イタリア」であるのだ。またさらにその「磁場」は、「りんご売りの老人」の「精神の美しい絵《モラル・ピクチャレスク》」に生まれ、ウェイクフィールドの幻想的な身体性の中に喚起され、「予言の肖像画」に発動し、そして、アーネストと偉大なる岩の顔の眼差しが作り出す崇高なる空間に生起するのである。

これらの「磁場」は、すべて作家ホーソーンの共感《シンパシー》によって生み出されるのであるが、その温かい眼差しの原点には、キーツの言う「消極的能力」があるように思われる。判断を急がずに曖昧性に耐えているようなホーソーンの文体は、作家の平衡感覚に貫かれているのである。例えば、その平衡感覚は、ヘスターやゼノビアやミリアムの「情熱的な愛」の根源にひそむ「無垢」、別言すればその「純真」を見出し、その存在のかけがえのなさを読者に訴えている。『七破風の屋敷』では、ヘプジバーの兄クリフォードへの無償の愛やフィービーのホールグレイヴへの純真な愛の中にその感覚の稀有さが表現されているのである。また、『ブライズデイル・ロマンス』の語り手カヴァデイルは、「消極的能力」を持ちながらも、「ナンセンス」への強いこだわりゆえに、自らの平衡感覚を失う可能性を持つ作家自身の陰画とも捉え得るのである。

ホーソーンは、自国の人間の狭隘になりがちなピューリタン的な「アメリカの良識」——ローレンスの言う「土地の霊」に根差した「汝すべからずの自由」から生まれる——の実用主義に対抗しながらも、自らの実人生を「雪人形」のヴァイオレットとピオニのような子どもらしい「純真」な眼で直視し続けていたと思われる。そして、ソロー（Henry David Thoreau, 1817–62）によって常に「純真で子どものよう（simple and childlike）」（Thoreau, *Familiar Letters*, 364）に見られていたホーソーンにとっては、「純真」な共感的想像力が生み出すそのロマンスの磁場こそが、政治的にも、経済的にも、社会的にも、そして文学的にも超然としつつ、頭と心のバランスを取る「偉大なる保守（the great conservative）」としての彼独自の平衡感覚の文学を生み出したのである。ジフは、『イングリッシュ・ノートブックス』の「偉大なる保守とは、すべての時代において同じまま変わらない心のことである（The great conservative is the heart which remains the same in all ages）」（XXI [*The English Notebooks, 1853–1856*], 67–68）というホーソーンの言葉を受けて、「アメリカ人は、その理想主義、流動性、そして変化への熱愛にもかかわらず、進歩的な思想よりむしろ伝統的な感情によって形成されているという信念」（123–24）をホーソーンが様々な作品の中で明示しているとする。十九世紀アメリカを席捲していた「頭」（知力）を受容しつつも、万古不易で普遍的な人間の共感的な「心」（感情）を信じ続けたホーソーンは、まさにアメリカを代表する「偉大なる保守」と言えるであろう。しかし、ジェイムズが、「彼はすべてのものの外側におり、どこにいても異邦人なのだ」（James, *Literary Criticism* 467）と述べる時、ホーソーン文学の超然とした「偉大なる保守」性の内面にある作家個人の孤独の深さに我々は直面するのである。だが、この孤独の深さこそが、共感の深さを意味し、さらにはその共感を受け入れられる魂、精神を持つ人間の不滅性を裏打ちしているのである。そして、エマソン（Ralph Waldo Emerson, 1803–82）が、ホーソーンの葬儀の際の様子を記した日記に見られる牧師クラーク（James Freeman Clarke, 1810–88）の言葉――「ホーソーンは、他の誰よりも人生の影の部分を正当に評価し、人間性のうちの罪に対する共感を示し、そして、イエスの如く、罪人の友であった」（Emerson, *Journals* 59）――こそが、ホーソーン文学のすべてを語っているように思われる。

この本を何とか完成できたのは、様々な方々の支援の賜物である。その方々に対する謝意を記したい。まずは、日本大学文理学部英文学科の恩師の故新倉龍一先生。ホーソーン研究に筆者を導いていただいたご恩を心から感謝している。文学とお酒をこよなく愛する先生は、「文学とは文を楽しむ文楽である」と常々話しておられた。日本大学では、恩師で同僚ともなった元日本ナサニエル・ホーソーン協会会長、現顧問の當麻一太郎先生には、大変お世話になった。筆者が平成五年に日本大学文理学部英文学科の専任講師の職を得て以降、約十五年間ホーソーン協会の事務局を学科でお引き受けしたが、先生と共に働いた時間は、とても貴重な経験となり、楽しい思い出ともなっている。

また、日本大学では、学部・大学院を通じて様々な恩師に巡り合い学恩を受けることができた。アメリカ文学の故齋藤光先生、イギリス文学の故阪田勝三先生、故阿部義雄先生、故小竹一男先生、藤井繁先生、そして、故原公章先生。さらには、平成二年に高知大学から赴任された関谷武史先生からは常に励ましの言葉をいただいた。

平成五年以降では、ホーソーン協会事務局の仕事の関係で、多くのホーソーン研究者の先生方のお世話になった。折に触れ、協会の先生方の親身かつ的確なご助言は、とても貴重なものであった。すでに物故された阿野文朗先生、入子文子先生、川窪啓資先生、斎藤忠利先生、竹村和子先生、萩原力先生、矢作三蔵先生を含め、現顧問の島田太郎先生、丹羽隆昭先生をはじめとする各先生方には、この場をお借りして厚く御礼申し上げたい。また、私と同年で某予備校で共に学んだ元協会会長で畏友の成田雅彦先生とホーソーン研究を通じて出会えた奇縁には心から感謝している。さらには、日本大学英文学科の同僚の方々にも感謝申し上げたい。この方々との共同作業こそが、筆者の学究生活のホームベースであると思っている。

また、海外では二〇〇一年から翌年にかけて日本大学海外派遣研究員として在外研究を行ったカンザス大学の名誉教授エリザベス・シュルツ先生には、その後も長く公私にわたりお世話になったことを記しておきたい。先生にはホーソーン研究ばかりではなく、メルヴィル研究の奥深さとその意義をお教えいただいた。最後に、妻のしげ子や娘の知里と実里にも感謝したい。彼女らの笑顔とその絶え間ない応援にどれだけ励まされ助けられたかわからない。

浅学菲才の身ながら、この一書を物すために心血を注いだつもりであるが、筆者の思わぬ誤解から正しくはない解釈もあるかもしれない。本書を手に取られた方々の忌憚のないご意見をいただければ幸いである。末筆ながら、コロナ禍の中出版事情の厳しい折、筆者にとって初の単著である本書の出版をこころよくお引き受けいただき、親身に励まし続けてくださった開文社出版の丸小雅臣社長に心より御礼申し上げる。

高橋利明

二〇二二年九月

初出一覧

序　章
　書下ろし
第一章
「ロマンスの磁場、奇跡、子ども――「雪人形」と『秘密の花園』の生命の庭」『ホーソーンの文学的遺産――ロマンスと歴史の変貌』成田雅彦、西谷拓哉、髙尾直知編著　開文社出版　二〇一六年　二六一―八三頁
第二章
「処刑台」の磁場――『緋文字』の「周縁」的想像力『研究紀要』（日本大学文理学部人文科学研究所）第四十一号　一九九一年　四五―五四頁
第三章
「「七破風の屋敷」の磁場――「炉辺」と「鉄道」の楕円幻想」『研究紀要』（日本大学文理学部人文科学研究所）第六十号　二〇〇〇年　二七―三五頁
第四章
「Hawthorne の Coverdale――'nonsense' の功罪をめぐって（*The Blithedale Romance* 論）」『英文学論叢』（日本大学英文学会）第三十五巻　一九八七年　六七―七八頁

第五章
「Zenobia の“passionate love”について――*The Blithedale Romance* 論」『英文学論叢』（日本大学英文学会）第五十巻　一九八七年　一三九―五四頁
第六章
“Hawthorne and the Paradox of the Fortunate Fall: Eden Found in *The Marble Faun*”『研究紀要』（日本大学文理学部人文科学研究所）第九十八号　二〇一九年　二三―三四頁
第七章
「Hawthorne にとって“the moral picturesque”とは何か――〈美的コントラスト〉の意味をめぐって」『研究紀要』（日本大学文理学部人文科学研究所）第四十七号　一九九四年　四五―五二頁
第八章
「Wakefield の「新しい鬘」――身体の幻想／幻想の身体」『英文学論叢』（日本大学英文学会）第四十六巻　一九九八年　一―一一頁
第九章
「眼差しと呪縛――ホーソーンの「予言の肖像画」」『思考する感覚――イギリス・アメリカ文学のコンテクストから』安藤重和、中里壽明、児玉直起編著　国書刊行会　一九九六年　二二九―四三頁
第十章
「眼差しの美学――偉大なる岩の顔とアーネストの「崇高」について」『フォーラム』（日本ナサニエル・ホーソーン協会）第十号　二〇〇五年　三三―四六頁

＜本書で参考にしたホーソーン作品の邦訳＞
『完訳 緋文字』八木敏雄訳　岩波文庫　1992年
『七破風の屋敷』大橋健三郎訳　筑摩書房　1970年
『ブライズデイル・ロマンス――幸福の谷の物語』西前孝訳　八潮出版社　1984年
『大理石の牧神I・II』島田太郎他訳　国書刊行会　1984年
『ナサニエル・ホーソーン短編全集第I巻』國重純二訳　南雲堂　1994年
『ナサニエル・ホーソーン短編全集第II巻』國重純二訳　南雲堂　1999年
『ナサニエル・ホーソーン短編全集第III巻』國重純二訳　南雲堂　2015年

コールリッジ、サミュエル、テイラー『文学的自叙伝——文学者としての我が人生と意見の伝記的素描』東京コウルリッジ研究会訳（法政大学出版局、2013 年）
スミス、アダム『道徳感情論（上）・（下）』水田洋訳（岩波文庫、2003 年）
高山宏『天辺のモード——かつらと装飾』（INAX 出版、1993 年）
谷川渥『形象と時間——クロノポリスの美学』（白水社、1986 年）
橋本安央『痕跡と祈り——メルヴィルの小説世界』（松柏社、2017 年）
花田清輝「楕円幻想——ヴィヨン」（『復興期の精神』所収、講談社、1966 年）
バーク、エドモンド『崇高と美の観念の起原』中野好之訳（みすず書房、2011 年）
フィードラー、レスリー A.『アメリカ小説における愛と死』佐伯彰一他訳（新潮社、1989 年）
ボルヘス、J. L.『続審問』中村健二訳（岩波文庫、2009 年）
ミネソタ大学編、日本アメリカ文学会監修『アメリカ文学作家シリーズ第五巻』（北星堂書店、1965 年）
三宅卓雄『どう読むかアメリカ文学——ホーソーンからピンチョンまで』（あぽろん社、1986 年）
ルーイス、R.W.B.『アメリカのアダム——一九世紀における無垢と悲劇と伝統——』斎藤光訳（研究社、1973 年）
ローレンス、D.H.『アメリカ古典文学研究』大西直樹訳（講談社文芸文庫、1999 年）
「空から見た『世界遺産』XVII——パルミラの遺跡」（東京：日本航空文化事業センターWINDS September 2001）

———. *The Presence of Hawthorne*. Baton Rouge: Louisiana State University Press, 1979.

Whipple, Edwin Percy. "Review of New Books," *Graham's Magazine* 40 (January 1852), *Nathaniel Hawthorne: The Contemporary Reviews.* Ed. John L. Idol Jr. & Buford Jones. New York: Cambridge UP, 1994, 181–182.

———. "Review of New Books," *Graham's Magazine* 40 (April 1852)," 189.

———. "Review of New Books," *Graham's Magazine* 41 (September 1852)," 203.

Winters, Yvor. *Maule's Curse: Seven Studies in the History of American Obscurantism*. Norfolk: New Directions, 1938.

Ziff, Larzer. *Literary Democracy: The Declaration of Cultural Independence in America*. New York: Penguin Books, 1982.

イーザー、ウルフガング『行為としての読書』轡田収訳（岩波書店、1982 年）

エマソン、ラルフ・ウォルド『エマソン論文集 上巻』酒本雅之訳（岩波文庫、1981 年）

小野清之『アメリカ鉄道物語――アメリカ文学再読の旅』（研究社、1999 年）

折口信夫「道徳の民俗學的考察」『折口信夫全集』（中央公論社）第 15 巻、民俗學篇 1 所収。

カンディンスキー『点・線・面』（美術出版社、1979 年）

ガーネリ、カール、J『共同体主義――フーリエ主義とアメリカ』宇賀博訳（恒星社厚生閣、1989 年）

キルケゴール、セーレン『不安の概念』田淵義三郎訳（中公文庫、1974 年）

桑原住雄『アメリカ絵画の系譜』（美術出版社、1977 年）

1957.

Melville, Herman. "Hawthorne and His Mosses," *The Shock of Recognition: The Development of Literature in the United States Recorded by the Men Who Made It*. Ed. Edmund Wilson. New York: Farrar, Straus and Cudahy, 1955.

Milder, Robert. *Hawthorne's Habitations: A Literary Life*. Oxford University Press, 2013.

Milton, John. *Paradise Lost. The Works of John Milton*, Vol. 2, part 1–2. Columbia University Press, 1931. rptd. Hon-No-Tomosha, 1993.

Newman, Lea B. V. *A Reader's Guide to the Short Stories of Nathaniel Hawthorne*. Boston: G. K. Hall, 1979.

Person, Leland S. "Hawthorne and the American Romance." *Nathaniel Hawthorne in Context*. Ed. Monika M. Elbert. Cambridge University Press, 2018. 240–251.

Smith, Adam. *The Theory of Moral Sentiments*. Ed. D. D. Raphael and A. L. Macfie. Indianapolis: Liberty Classics, 1982.

Stewart, Randall. Ed. *American Notebooks by Nathaniel Hawthorne, Based upon the Original Manuscripts in the Pierpont Morgan Library*. New Haven: Yale University Press, 1932.

Tellefsen, Blythe Ann. "The Case with My Dear Native Land: Nathaniel Hawthorne's Vision of America in *The Marble Faun*." *Nineteenth-Century Literature*, vol.54, no. 4, (2000): 455–479.

Thoreau, Henry David. *The Writings of Henry David Thoreau*. Vol. VI. *Familiar Letters*. Ed. F. B. Sanborn. New York: AMS Press, 1968.

Updike, John. Introduction to *The Blithedale Romance*. New York: The Modern Library, 2001. xi–xix.

Waggoner, *Hyatt H. Hawthorne: A Critical Study*. Cambridge: Harvard University Press, 1963.

Idol, John L., Jr and Jones, Buford. Ed. *Nathaniel Hawthorne: The Contemporary Review*. New York: Cambridge University Press, 1994.

James, Henry. *Hawthorne*. Ithaca, New York: Cornell University Press, 1975.

———. *The Portrait of a Lady*. Norton, 1975.

———. "Nathaniel Hawthorne." 1896. *Literary Criticism*. Vol. I. Ed. Leon Edel. New York: Library of America, 1984.

Justus, James H. "Hawthorne's Coverdale: Character and Art in *The Blithedale Romance*." *American Literature* 47 (1975): 21–36.

Keats, John. *The Letter of John Keats*. Ed. M.B. Forman. London: Oxford University Press, 1952.

Kesselring, Marion L. *Hawthorne's Reading, 1828-1850*. New York: Haskell House Publishers, 1975.

Lawrence, D.H. *Studies in Classic American Literature*. New York: Penguin Books, 1983.

Leavis, Q.D. "Hawthorne as Poet." rptd. *Hawthorne: A Collection of Critical Essays*. Ed. A.N. Kaul. Englewood Cliffs, NJ: Prentice-Hall, 1966, 25–63.

Lewis, R.W.B. *The American Adam: Innocence, Tragedy, and Tradition in the Nineteenth Century*. University of Chicago Press, 1955.

Lovejoy, Arthur O. "Milton and The Paradox of The Fortunate Fall." *A Journal of English Literary History*, Vol.4, no. 3 (1937): 161–179.

Levy, Leo B. "Hawthorne and the Sublime." *American Literature* 37 (1966) 391–402.

Male, Roy R., Jr. "Hawthorne and the Concept of Sympathy." *PMLA* 68 (1953): 138–49.

———. *Hawthorne's Tragic Vision*. Austin: University of Texas Press,

Columbus: Ohio State University Press, 1962.

———. *The House of the Seven Gables*. Vol. II of *The Centenary Edition of the Works of Nathaniel Hawthorne*. Ed William Charvat et al. Columbus: Ohio State University Press, 1965.

———. *The Blithedale Romance and Fanshawe*. Vol. III of *The Centenary Edition of the Works of Nathaniel Hawthorne*. Ed William Charvat et al. Columbus: Ohio State University Press, 1964.

———. *The Marble Faun*. Vol. IV of *The Centenary Edition of the Works of Nathaniel Hawthorne*. Ed William Charvat et al. Columbus: Ohio State University Press, 1968.

———. *A Wonder Book and Tanglewood Tales*. Vol. VII of *The Centenary Edition of the Works of Nathaniel Hawthorne*. Ed William Charvat et al. Columbus: Ohio State University Press, 1972.

———.*The American Notebooks*. Vol. VIII of *The Centenary Edition of the Works of Nathaniel Hawthorne*. Ed William Charvat et al. Columbus: Ohio State University Press, 1972.

———.Twice-Told Tales. Vol. IX of *The Centenary Edition of the Works of Nathaniel Hawthorne*. Ed William Charvat et al. Columbus: Ohio State University Press, 1974.

———. *Mosses from an Old Manse*. Vol. X of *The Centenary Edition of the Works of Nathaniel Hawthorne*. Ed William Charvat et al. Columbus: Ohio State University Press, 1974.

———. *The Snow-Image and Uncollected Tales*. Vol. XI of *The Centenary Edition of the Works of Nathaniel Hawthorne*. Ed William Charvat et al. Columbus: Ohio State University Press, 1974.

———. *The English Notebooks 1853-1856*. Vol. XXI of *The Centenary Edition of the Works of Nathaniel Hawthorne*. Ed William Charvat et al. Columbus: Ohio State University Press, 1997.

Publishers, 1991.

Carpenter, Frederic I. "Scarlet A Minus." New York: Norton Critical Edition of *The Scarlet Letter*, 1978, 308–317.

Carton, Evan. *The Marble Faun: Hawthorne's Transformations*. Twayne Publishers, 1992.

Colacurcio, Michael. Ed. *New Essays on The Scarlet Letter*. New York: Cambridge University Press, 1985

Coleridge, Samuel. T. *Biographia Literaria or Biographical Sketches of My Literary Life and Opinions*. Ed. James Engell and Jackson Bate. Princeton: Princeton University Press, 1983.

Davidson, Frank. "Toward a Re-evaluation of *The Blithedale Romance*" *New England Quarterly* 25 (1952): 374–383.

Emerson, Ralph Waldo. *Essays and Lectures*. Ed. Joel Porte. New York: The Library of America, 1983.

———. *The Journals and Miscellaneous Notebooks of Ralph Waldo Emerson*. Vol. XV 1860–1866. Ed. Linda Allardt, David W. Hill, Ruth H. Bennett. Cambridge, Massachusetts and London, England: The Belknap Press of Harvard University Press. 1982.

Feidelson, Jr., Charles. *Symbolism and American Literature*. Chicago: University of Chicago Press, 1953.

Fiedler, Leslie A. *Love and Death in the American Novel*. New York: A Scarborough Book, 1982.

Fogle, Richard Harter. *Hawthorne's Fiction: The Light and The Dark*. University of Oklahoma Press, 1952.

Fuller, Margaret. *Woman in the Nineteenth Century*. New York: The Norton Library, 1971.

Hawthorne, Nathaniel. *The Scarlet Letter*. Vol. I of *The Centenary Edition of the Works of Nathaniel Hawthorne*. Ed William Charvat et al.

参考文献

Abel, Darrel. *The Moral Picturesque: Studies in Hawthorne's Fiction*. Indiana: Purdue University Press, 1988.

Arac, Jonathan. "The House and the Railroad: *Dombey and Son* and *The House of the Seven Gables*." *The New England Quarterly* 51 (1978): 3–22.

Arvin, Newton. An Introduction to *Hawthorne's Short Stories*. New York: Vintage Books, 1946. vi–xvii.

Baym, Nina. *The Shape of Hawthorne's Career*. Ithaca: Cornell UP, 1976.

——— "*The Blithedale Romance*: A Radical Reading." *Journal of English and Germanic Philology* 67 (1968): 545–569.

Borges, Jorge L. *Other Inquisitions 1937-1952*. Trans. R. L. C. Simms. Austin: The University of Texas Press, 1988.

Brodhead, Richard. *Hawthorne, Melville, and the Novel*. The University of Chicago Press, 1976.

———. *The School of Hawthorne*. Oxford University Press, 1986.

———. Introduction. *The Marble Faun*, by Nathaniel Hawthorne, Penguin, 1990. ix–xxix.

Budick, Emily Miller. "Perplexity, sympathy, and the question of the human: a reading of *The Marble Faun*." *The Cambridge Companion to Nathaniel Hawthorne*. Ed. Richard H. Millington. Cambridge University Press, 2004. 230–250.

Burke, Edmund. *A Philosophical Enquiry into the Origin of our Ideas of the Sublime and Beautiful*. Ed. J.T. Boulton. Oxford: Blackwell, 1990.

Butler, Trent C. Ed. *Holman Bible Dictionary*. Nashville: Holman Bible

［み］

［む］

［め］

［も］

［ゆ］

［よ］

［ら］

［へ］

［ほ］

［ま］

［そ］

［た］

［ち］

［つ］

［て］

［う］

［え］

［お］

［か］

索　引

＜著者紹介＞

高橋 利明（たかはし・としあき）

1958 年　東京都生まれ。

1984 年　日本大学海外派遣交換留学生として米国イリノイ大学大学院に留学。

1987 年　日本大学大学院文学研究科英文学専攻博士後期課程満期退学。

2001 年　日本大学海外派遣研究員として米国カンザス大学にて在外研究。

現　在　日本大学文理学部英文学科・大学院文学研究科英文学専攻教授。日本ナサニエル・ホーソーン協会前会長。

主要業績：

（著書）『ホーソーンの文学的遺産――ロマンスと歴史の変貌』（共著、開文社出版、2016 年）。

『思考する感覚――イギリス・アメリカ文学のコンテクストから』（共著、国書刊行会、1996 年）。

（論文）「Hawthorne and the Paradox of the Fortunate Fall: Eden Found in *The Marble Faun*」『研究紀要』第 98 号（日本大学文理学部人文科学研究所、2019 年）。

「魂の交響と音楽の発見――*Moby-Dick* 132 章 “The Symphony” の Ahab の一滴の涙とは何か」『研究紀要』第 67 号（日本大学文理学部人文科学研究所、2004 年）など。

ホーソーン文学への誘い
――ロマンスの磁場と平衡感覚　　（検印廃止）

2022年10月3日 初版発行

著　者　高橋利明
発行者　丸小雅臣
組版所　日本ハイコム
カバー・デザイン　萩原まお
印刷・製本　日本ハイコム

〒 162-0065　東京都新宿区住吉町 8-9
発行所　開文社出版株式会社
TEL 03-3358-6288　FAX 03-3358-6287
www.kaibunsha.co.jp

ISBN978-4-87571-888-8　C3098